U0559607

大魔术师系列

死亡卡巴莱

[英] 汤姆·米德 著　　刘清山 译

上海文化出版社

图书在版编目（CIP）数据

死亡卡巴莱 ／（英）汤姆·米德著 ；刘清山译.
上海：上海文化出版社，2025. 8. --（大魔术师系列）.
ISBN 978-7-5535-3219-6

Ⅰ. I561.45

中国国家版本馆 CIP 数据核字第 202521X3B5 号

图字：09‐2025‐0202 号

出 版 人：姜逸青
责任编辑：王皎娇
封面设计：张擎天

书 名	死亡卡巴莱	
作 者	［英］汤姆·米德	
译 者	刘清山	
出 版	上海世纪出版集团　上海文化出版社	
地 址	上海市闵行区号景路 159 弄 A 座 3 楼　201101	
发 行	上海文艺出版社发行中心	
	上海市闵行区号景路 159 弄 A 座 2 楼　201101　www.ewen.co	
印 刷	上海盛通时代印刷有限公司	
开 本	889×1194　1/32	
印 张	7.5	
版 次	2025 年 8 月第一版　2025 年 8 月第一次印刷	
书 号	ISBN 978‐7‐5535‐3219‐6/I.1246	
定 价	49.00 元	

敬告读者　如发现本书有质量问题请与印刷厂质量科联系　021‐37910000

目 录

第一部分　无脸尸

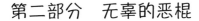

第二部分 无辜的恶棍

第三部分 双关语

主要登场人物

贾尔斯·德鲁里爵士，法官，皇家律师

伦纳德·德鲁里，贾尔斯的长子

安布罗斯·德鲁里，贾尔斯的小儿子

西尔维斯特·芒克顿，贾尔斯的私生子

埃尔斯佩思·德鲁里女士，贾尔斯的妻子

杰弗里·弗拉克，埃尔斯佩思女士与前夫的儿子

彼得·奈廷格尔，伦纳德的秘书

卢多·昆特雷尔-韦伯，革命者

阿瑟·科斯格罗夫，公务员

贺拉斯·塔珀，电影制片人

托马斯·格里芬，医院护工

詹姆斯·芬德勒医生，法医

兰塞布尔太太，管家

贝基，女仆

阿尔玛，厨师

贾斯珀·蒙克里夫，精神病医生

拜伦·曼德比，探险家

维克多·西尔维厄斯，一个疯子
卡罗琳·西尔维厄斯，维克多的妹妹

埃奇莫尔扼杀犯
安伯盖特纵火犯

乔治·弗林特探长，苏格兰场职员
杰罗姆·胡克警官，弗林特的副手
约瑟夫·斯佩克特，职业魔术师

德鲁里家族家谱

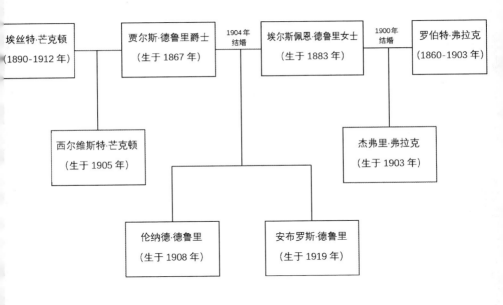

埃丝特·芒克顿 (1890-1912 年)

贾尔斯·德鲁里爵士 (生于 1867 年)

1904 年 结婚

埃尔斯佩恩·德鲁里女士 (生于 1883 年)

1900 年 结婚

罗伯特·弗拉克 (1860-1903 年)

西尔维斯特·芒克顿 (生于 1905 年)

杰弗里·弗拉克 (生于 1903 年)

伦纳德·德鲁里 (生于 1908 年)

安布罗斯·德鲁里 (生于 1919 年)

楼层平面图　马奇班克斯别墅一层

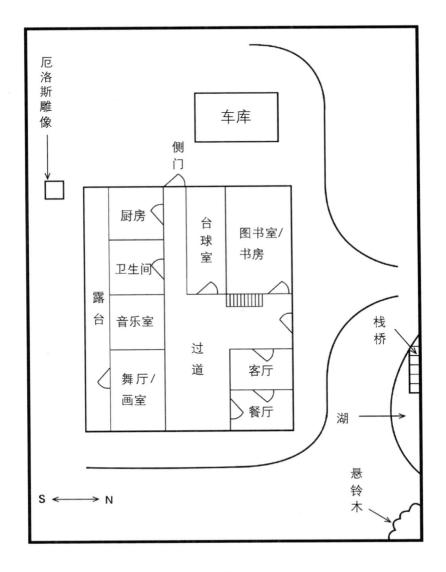

楼层平面图 马奇班克斯别墅二层

空房间

兰塞布尔的房间

主卧

奈廷格尔的房间

贝基的房间

楼梯间的窗户

伦纳德的房间

走廊

斯佩克特的房间

安布罗斯的房间

杰弗里的房间

卫生间

第一部分　无脸尸

1938 年 12 月 13 日—15 日

他将无法活着看到月亮的变化。

——《复仇者的悲剧》，第四幕，第二场

犯罪有模式，但没有逻辑。

——埃勒里·奎因，《希腊棺材之谜》

第一章　行李箱

1938 年 12 月 13 日，星期二

一

这个行李箱有皮革提手、黄铜配件和深色硬壳，和其他行李箱没有什么区别。可以说，唯一值得一提的就是它出现的位置——这只行李箱被冲上了罗瑟希德区的河滩，在寒冷的晨光中，孤独地躺在鹅卵石上，湿漉漉的，看上去很可怜。九岁的弗雷德·林赛和七岁的妹妹伊妮德说笑着爬上沙丘，最先看到了浅滩上的行李箱。他们心爱的杰克罗素梗犬本尼吐着舌头扑了上去，开始用鼻子展开调查。两个孩子则更谨慎。

他们对视了一眼，胆子比较大的伊妮德率先采取行动。她轻手轻脚地靠近行李箱，脑子里充满了与海盗的宝藏相关的幻想。她想，这是像她这种小女孩应该有的奇遇。她们会发现宝藏，踏上冒险之旅。

恶臭像潮水一般袭来，她停下脚步，让她作呕。泰晤士河边上从未有过如此难闻的东西。

"你怎么了？"弗雷德问道。很快，他也闻到了恶臭。

杰克罗素梗犬本尼一直围着行李箱转圈。从恶臭中缓过劲来的兄妹二人决定把箱子打开。他们不是想这样做，而是觉得有责任这样做。

弗雷德一边用嘴呼吸，一边弯腰检查箱子上的黄铜搭扣。虽然沾满了河底的淤泥，但它似乎完好无损。

"把那个递给我吧。"弗雷德指着地上一块石头说。石头很重，伊妮德用上双手才搬起来。弗雷德接过石头，砰的一声砸向搭扣。接着，他又砸了一下，砸掉了一些干泥块。他想，再砸一次就成功了。

事实上，他又砸了五六下。终于，伴随怪异的漏气声，搭扣断裂，行李箱的盖子一下子敞开了。弗雷德和伊妮德被吓了一跳。就连本尼也警觉了起来。他们三个定睛看着箱内。

两个孩子都没有尖叫，尽管他们很想这么做。终于，勇敢的伊妮德打破了沉默。

"他的脸怎么了?"她说。

二

乔治·弗林特探长戴着一顶有点大的波乐帽——这是妻子送给他的礼物，她常常估大他的尺码——他望着铁灰色的泰晤士河，叹了一口气。他冷静地咬着没有点燃的烟斗，硬着头皮去看行李箱里的惨象。

杰罗姆·胡克警官虽然比弗林特年轻，但是面对这样的场面，他的毅力更胜一筹。他的视线一直没有离开被折叠起来的尸体。他说："有人不希望我们发现死者的身份。"

"看起来是这样。这是我能想到的要把他的脸打烂的唯一理由。不过，我现在想知道的是他双手的情况。"

行李箱里的死者是男性，黑色头发。这是他仅有的能辨认出的特征。箱子在水里泡了至少一个星期。尸体呈淡淡的黄绿色，就像放久了的木薯粉一样，并且布满霉菌和瘀伤。

"你们好啊。"隔着冬日里河边的雾气，有人喊道。一个身穿大衣，提着医生包的大个子慢慢出现在视野中。

"芬德勒医生，"弗林特和他打招呼，"很高兴见到你。"

"也很高兴见到你，"芬德勒打着哈欠回应道，"为什么让我来这个鸟不拉屎的地方？"

"你自己看吧。"看得出来，芬德勒比弗林特年轻一两岁。他的胡子刮得很干净，脸不像弗林特那么红。不过，他工作能力强，精通他所说的"黑暗艺术"。他一生跟死亡打交道，因此认为生命和死亡都不是可怕的事。关于谋杀，芬德勒是一个彻头彻尾的达尔文主义者——对于没能逃跑、找错打斗对象或者被流弹击中的被害者，他几乎毫无同情心。他看见行李箱里的"东西"并不吃惊，如同逛街的人看橱窗里的衣服一样，就像发现橱窗里还陈列着过季套装，他只流露出纳闷和厌恶的神色。

"关于被害者，你看出什么了？"弗林特问道。

"没什么特别的。我认为是黑帮仇杀。手法比较专业。只有一点比较奇怪。"

"什么？"弗林特在提问时就已经知道了答案。

"他的双手。"

三

回到苏格兰场，弗林特缩进泰晤士河边的办公室，反复看他记在笔记本上的几处细节。今天的发现没有太多解释空间。死者为黑发男性，年龄在二十五到四十五岁之间。

藏尸的行李箱的线索也令人沮丧——它极其普通，在任何一家小店都有售。箱子上没有贴任何旅行徽章和标签，根本无法追查它的来路。

弗林特反复想到死者的双手。如果是黑帮仇杀，死者有过前科，那么凶手应该很清楚，苏格兰场的档案里很可能有死者的指纹。

这正是困扰弗林特的地方。他想，这起命案可能跟黑帮仇杀无关。

窗框咔哒咔哒地响起来。弗林特抬起头，发现雨滴打在玻璃上，强风正一阵一阵地吹向办公楼的这一面。他想了一下要不要点燃烟斗。咬着没点燃的烟斗能帮助他集中注意力，但吸烟也许有助于驱寒。敲门声打断了他的思绪。

"进来。"他说。胡克走了进来。

"抱歉打扰你，探长。"年轻警官说。

"没关系，胡克。有消息了？"

"没有。"虽然希望渺茫，但是像罗瑟希德行李箱藏尸案这样的案子，有时还是能找到目击者和知情人：说不定会有某人认识死者，知道他来自某地。

"那是什么事？"

"有一位小姐想见你，探长，"胡克说，"她叫卡罗琳·西尔维厄斯。"

"为什么想见我？"

"她不告诉我，她只想和你谈。"

"和行李箱案有关吗？"

"不知道，探长。"

弗林特想了想，决定点燃烟斗。他说："好吧。把她带进来，顺便泡点茶。"

四

"你是弗林特探长吗？"

"我是。你好，卡罗琳·西尔维厄斯小姐，我没叫错吧？"

"没叫错。"卡罗琳·西尔维厄斯举止有礼，却并不客套。她年轻端庄，衣着朴素，像一名老师。

"请进，我让胡克警官去泡茶了。"

他让她坐在办公室里最舒适的一把椅子上。她似乎立刻卸下了一些拘束感，就像摆脱了拉·芬努① 笔下挂在肩膀上的幽灵猴。她放松下来，窄窄的肩膀不再紧绷。

"希望你不要介意我像这样闯进来，"她说，"我知道，这很冒昧。"

"没关系，"弗林特说道，"有什么事吗？"这时，胡克端着茶盘走了进来。

"嗯……事情跟我哥哥有关。"

弗林特立刻想到了行李箱里的尸体。"哦，是吗？他叫什么名字？"

"维克多。"

"维克多？他怎么了？"

"有人想杀了他。"卡罗琳说。

弗林特差点把刚喝的一口茶喷出来："杀他？"

卡罗琳审视着他，就像刚见到他一样。"我能相信你吗？"

"当然。"弗林特边说边划亮一根火柴，点燃了烟斗里的烟草。

卡罗琳停顿了一下。"唉，事情发生在大约十年前。当时我才十二岁，哥哥十九岁。他是个艺术家，现在也是。他拥有像火一样热烈

① 勒·法努（La Fanu，1814—1873）是爱尔兰恐怖小说家，代表作有《绿茶》《女吸血鬼卡蜜拉》。

的灵魂，做事从不半途而废。所以，当他爱上格洛丽亚·克雷恩时，他就一头栽了进去。他为她着迷。他相信他们会结婚，过上幸福的生活。可怜的哥哥。"

"难道说，"弗林特截住话头，"克雷恩小姐不爱他？"十多年前的爱情故事？探长暗自叹气——维克多并不是行李箱里的无脸尸体。

"不，她爱他。她比维克多大一岁，是一位大人物的秘书，那是一位法官。也许你认识，他就是贾尔斯·德鲁里爵士。"

弗林特点了点头，人人都认识贾尔斯·德鲁里爵士。"恕我直言，我是否可以认为，他们交往的结局不太好？"

卡罗琳·西尔维厄斯把茶杯搁在腿上。"是的。"

"她甩了他？"

卡罗琳不由自主地发出一声冷笑。"要是这么简单就好了，弗林特探长。事实上，格洛丽亚到死都很爱我的哥哥。"

弗林特的胡子抖了一下。他等着她继续说下去。

"十年前的圣诞节，格洛丽亚突然死亡。我说过，她是贾尔斯爵士的私人秘书。她跟着贾尔斯去他的乡村别墅过节，那个地方叫马奇班克斯。德鲁里家的其他人也在那里。我相信你能理解，像贾尔斯爵士这样的绅士，并不希望被圣诞节这种琐事影响工作。所以，他把格洛丽亚带在身边。当他的家人们说笑嬉戏时，他和格洛丽亚仍在书房里工作。她以客人的身份住在别墅里。事情发生在圣诞夜的晚餐之后……"

"发生了什么？"

"格洛丽亚突然病倒，死在了天亮之前。"

"死因是什么？"

"士的宁。官方认定是自杀。"

弗林特皱起了眉头。服用士的宁自杀？

"不过，当时有一些传言，"卡罗琳继续说道，"流传了好一阵，说的是贾尔斯爵士对他的妻子埃尔斯佩思女士不忠。格洛丽亚去世后，我的哥哥失去了理智。他开始坚信格洛丽亚与贾尔斯爵士有婚外情，是贾尔斯爵士杀了她。"

"你怎么看？"弗林特问道。

"我当时还是个孩子。虽然我全心全意地爱着维克多，但我知道他会失败。贾尔斯爵士这样的人是强大的对手。可怜的维克多……"她此时被情绪左右，说话时断时续，"可怜的维克多没有任何胜算。"

"后来呢？"

"维克多疯了，真是疯了，他袭击了法官。他在贾尔斯办公室外面蹲守，然后刺了他一刀。法官还活着，这你显然知道。可是，没有什么比一个有权有势之人的报复更可怕。维克多被抓起来，遭到秘密审讯，这么做是为了避免更多丑闻。他被判定为精神失常。我想，这在某种程度上是事实，尽管也有受到法官的逼迫。格洛丽亚的死被掩盖，整件事情被人遗忘。无人过问我哥哥的情况，父母从不提他——他们觉得丢脸，也害怕被贾尔斯爵士报复。在他们心里，维克多已经死了。"

"后来呢？"弗林特问。

卡罗琳垂下了头。"两个月前我们的父母去世了。我在第一时间去看望了哥哥。天哪，弗林特探长，他的样子太可怜了。他饿得半死，胡子长到了这里——简直就像基督山伯爵①。我几乎认不出他了。不过，探长先生，他眼睛里的善良和爱意没有变。"

---

① 在大仲马小说《基督山伯爵》中，基督山伯爵曾被关在狱中。

"你刚刚说，有人要杀他。"弗林特提醒道。

"是法官，"卡罗琳肯定地说，"一定是他。"

"为什么？以及，怎么杀？"

"维克多被关在一家私人疗养院里，那里的业主和经营者是一个姓蒙克里夫的医生。这位医生和法官恰好都是一家名为'悲剧人'的特色饮酒俱乐部的成员。他们从大学时代起一直亲密无间，所以贾尔斯爵士能把维克多关在蒙克里夫的诊所里，关到死为止。"

弗林特记笔记的手已经酸了。铅笔从他指间滑落，掉在书桌上。他仔细审视着卡罗琳·西尔维厄斯。虽然她的故事让人难以置信，但弗林特知道，至少其中一部分是事实——几年前，那位著名的（声名狼藉的）"绞刑法官"的确在办公室外遭到袭击。尽管弗林特当时在警队，他没有参与随后的调查。关于这起事件的报道很快就让位给更可喜的新闻。毫无疑问，这是法官的另一个朋友在暗中操作，另一个"悲剧人"。

弗林特之前从未听说过格洛丽亚·克雷恩。他需要调查一下格洛丽亚去世前参加的那场不祥的晚宴。至于蒙克里夫医生，这个人弗林特也认识。他是一位"实验心理学家"，曾为初入社交界的失足少女实施前脑叶白质切除术。他和法官是老朋友，这并不令人感到吃惊。

不过，维克多·西尔维厄斯却是一个神秘人物。

"你为什么认为贾尔斯爵士要害你哥哥？"

"发生了一些事情。自然，蒙克里夫和被他称为'护工'的恶棍们否认了一切。可事实是我亲眼所见。他们起初在他的土豆泥里放碎玻璃。啊，弗林特先生，他们想割破他的喉咙。我想问，这不是意图谋杀又是什么呢？"

"真可恶。"弗林特说。他的目光转向窗户。玻璃上布满了混合在一起的雨雪，像蜡油一样向下流动。"恕我冒昧，西尔维厄斯小姐……"他谨慎地选择措辞，"请问，我们能相信你哥哥所表述的这些事情的真实性吗?"

卡罗琳眯了一下眼睛，仿佛想斥责他，但是忍住了。"我哥哥没有做错什么。"

"是的，是的，当然没有。"

"你不相信我，是吗? 如果你允许，我会证明给你看。"

"你想怎么证明呢?"

"你必须去见他，你亲眼见了就知道了。"

"恐怕不行，"弗林特一边说，一边漫不经心地翻弄着几页纸，"除非有合理的调查理由……"

"求你了，"卡罗琳说，她的眼睛在灯下闪着光亮。"这可能关乎不止一个人的性命。"

弗林特无奈地叹了口气："你打算什么时候?"

"越快越好。"

"下个星期行吗?"

"好的。我下午给你打电话，告诉你细节。"

弗林特从椅子上站起来，走向窗户。他站在窗前，双手背在身后，出神地望着窗外。然后，他回头瞥了一眼书桌上那堆等着翻看的文件——关于行李箱中无脸尸的调查毫无进展。

"好吧。"他说。

五

伦纳德·德鲁里用审视的目光看着面前的家伙。衣着考究，但并不夸张;体态不错;相貌英俊，却并不引人注目——这一点最重要。

伦纳德猜测，他的年龄在三十出头，和自己相仿。

两个人所在的房间是伦纳德的书房，位于伦敦一幢豪华的联排别墅之中。伦纳德个性张扬，他认为这座豪宅正是这种个性的缩影。他独居于此，至少理论上如此。他的仆人们能用圣徒般的意志默默忍受他，因为他给的报酬很丰厚。另一个原因是他的名气。伦纳德在伦敦阿尔罕布拉剧院成功主演了一年的《爱在黄昏时》，精彩的演出使他迅速成为演艺界上层人士。

"你叫什么来着？"

"奈廷格尔，先生，彼得·奈廷格尔。"

"啊，是的——这里写着呢。奈廷格尔，好名字——像个电影明星。好的，奈廷格尔，我想让你在我这儿干。你什么时候能上班？"

"随时可以，先生。"这是标准回答。

"我知道，你曾跟着拜伦·曼德比在刚果这种地方游历，眼下这份工作可没有那么刺激。你主要负责回复信件，代我签名，做这类事情。"

"哦，没问题，说实话，青年人旅行多了总会感到厌倦。"奈廷格尔露出淡淡的微笑，挑了一下左眉。他应该去演诺埃尔·考沃德①的戏剧，伦纳德想，那样会很有趣。

"你知道，我常常感到好奇，那个拜伦·曼德比真是一个奇怪的家伙，喜欢爬山，还和土著人交往。有机会和我讲讲他的事情。"伦纳德扬扬得意地说。他在考验奈廷格尔，看他的口风严不严。

"也许吧，先生。"

伦纳德继续观察奈廷格尔。奈廷格尔也在观察他的潜在雇主。

---

① 诺埃尔·考沃德（Noel Coward，1899—1973），英国著名剧作家。

"好吧,"伦纳德说,"我想我会喜欢你,奈廷格尔。我今晚给事务所打电话,明天上午你就可以上班了。你住阁楼,可以吗?"

"当然,先生。"

"我想,你没有太多个人物品吧?"

"只有一些衣服和小物件,您不必担心。"

"我向你保证,奈廷格尔,我一点也不担心。"

奈廷格尔显然是一位绅士,可他身上的异域气质也很明显。看得出来,他在国外待过不少时间,正在重新熟悉更加高雅的习俗。他抽一种伦纳德不认识的烟,甚至不是土耳其烟。在奈廷格尔熄灭一个烟头,又迅速点燃下一支烟的间隙里,伦纳德看到了烟盒上的牌子,"三宝麟"丁香烟。他身上就有这种烟味,刺激着伦纳德的鼻子。

"似乎没问题,"伦纳德说,其实心里根本没底,"你被录用了,奈廷格尔。"他后面要说的话被刺耳的门铃声打断了。"啊,我弟弟来了。你先走吧,顺便给他开门,我就不送你了。"

彼得·奈廷格尔顺从地起身,快步走出书房。伦纳德若有所思地抽着烟,看着他离开。

十九岁的安布罗斯之前非常热切地提出,要在这天晚上与他哥哥见一面。显然,他想聊一些事情。

"开门的人是谁呀?"安布罗斯一进书房就问道。

他正在尝试蓄须,这项艰巨的任务占据了他白天的大部分时间。他最近成了艺术家,和他哥哥一样,他也知道外形的重要性。所以,一团绒状的红胡子就像薄雾一样从他下巴上冒了出来。他似乎只穿高级定制的长衫和宽松裤,戴松软的草帽。这副打扮在欧洲大陆为他带来了意外收获。他游历了一座座光荣的首都,一路上结交了许多放浪形骸的朋友。当他花光旅费时,他不得不返回伦敦。现在,他白天在咖啡馆里神游，晚上在酒吧鬼混。

安布罗斯曾短暂地醉心于达达主义，主要表现为胡乱购买家用电器。不过，杜尚占领了这个市场，安布罗斯无法占有一席之地，只好重拾最初的兴趣——绘画。到了十九岁，他进入多产时期，创作了在他看来最具挑战性、最成熟的作品。每一幅作品的色彩都令人眼花，电光蓝、橙红色、冰白色。可他的线条又黑又粗，最终看起来比较稚嫩。安布罗斯本人曾笑着承认，《郁金香田》惨不忍睹；《蛋》表现了俄狄浦斯情节，最好不去描述；《夏娃》描绘了一棵长有女性生殖器的树，挂在叶柄上的不是树叶，而是眼球。

偶尔，当荷包空得令人不安时，他会去看望父母。贾尔斯爵士起初对幼子的艺术追求很感兴趣，后来看见画作大吃一惊，再有人提到此事时，他总是迅速转移话题。

"他叫彼得·奈廷格尔，是我的新秘书。你觉得他怎么样？"

安布罗斯一屁股坐在奈廷格尔不久前坐过的椅子上。"有点严肃，我感觉他更像一个管家。"

"哼，你应该再看看另外几个来应聘的，简直糟透了。我都不知道那家中介是从哪儿把他们找来的。毫无疑问，他们都是一些失败的演员。"

"可不是嘛。说起来，你感到耳朵发烫吗？我刚刚在和一个我们的共友谈论你。"

"是吗？我能知道他是谁吗？"

"贺拉斯·塔珀。"

"贺拉斯！天哪，你和那个老混蛋在一起干什么？是我不知道的派对吗？"

"哦，不，"安布罗斯笑着回答道，"事实上，是我主动去谢珀顿拜访他的。"

"是吗？"伦纳德立刻起了疑。贺拉斯·塔珀是一个制片人，他十分欣赏伦纳德的舞台魅力，在第一时间和他签了一份电影合约。愚蠢的安布罗斯去见贺拉斯，而伦纳德事先竟然不知道，真令人不安。

"是的，"安布罗斯怪声怪气地说，"就是这样。事实上，亲爱的贺拉斯认为，我有资格出演他正在筹备的一部片子。"

伦纳德放声大笑："哦，要说的就是这件事吗？在成为失败的小说家和画家之后，你又想当演员了？你要上演帽子戏法？"

安布罗斯的脸上仍然挂着得意的微笑。"贺拉斯说我有气质，有独特的魅力。"

原来这就是安布罗斯急于见面的原因，为了炫耀。伦纳德并不上钩，问道："打台球吗？"

"好啊，"安布罗斯笑了，"我可是一直在练习。"

伦纳德带着弟弟来到台球室，开始摆球。安布罗斯抓起球杆，开始擦粉。

"伦纳德？"安布罗斯用孩子气的上扬的语调叫了哥哥的名字。他即将提出难题。

"怎么了，小鬼？"

"你觉得老爸有可能很快死掉吗？"

"有可能，他都老掉牙了。怎么了？"

"我最近在想一些事情。我马上就要二十岁了，需要购置许多东西，车子、服装之类的。就凭他现在给的那点钱，我买不了什么。"

"你不是要当演员了吗？"

"我已经是演员了。不过，多个选择多条路嘛。"

伦纳德打了一杆。"你凭什么认为老爸死了对你有好处？你一分钱也拿不到。我是长子，遗产全归我。就算杀了老头也改变不了这一点。"

"你不是长子。"安布罗斯说。

"你是说西尔维斯特？他不算。他是私生子，地位比你还低。"

安布罗斯眼带恳求的神情："你会管我的，对吧？"

伦纳德耸耸肩："也许吧。如果你能为我提供价值的话。如果我是你，我会为此努力。"

安布罗斯闷闷不乐地看着窗外说："我从未说过谋杀。"

"什么？"

"我从未说过要杀了父亲。我只是问了他很快死掉的可能性。"

"哦，别跟我计较。我完全清楚你的意思。抽烟吗？"

安布罗斯从金色烟盒里取出一支烟，凑过去让他的哥哥点火。"当然，比这更离奇的事情也发生过。"

"比什么更离奇？"

"比老法官被谋杀更离奇。"

"不要胡思乱想。如果你想谋杀老爸，我敢打赌你会搞砸，立刻被抓。"

安布罗斯狡猾地看着他的哥哥说："挺自信的嘛，伦纳德。告诉你，我昨天和母亲喝茶，她透露了一个消息，我觉得很有趣，可能会让你脸上的笑容消失。"

"说说看。"

"老爸出门了……约了斯特拉瑟斯一起吃午餐。"

伦纳德咽了咽口水，说："斯特拉瑟斯？老爸找他做什么？"

"显然，我早该想到的，他要改遗嘱。"

"别开这种玩笑。"伦纳德呵斥道。不过两个人都知道，这绝不是玩笑，这才是安布罗斯来找他的真正原因——他们需要采取措施。

"我们无法确定他是不是要改遗嘱，"伦纳德安慰道，"他完全可能出于其他原因和律师见面。"

然而，他很难想到别的原因。"你瞧，"他夸张地打了个的哈欠，"我突然觉得很累。我要睡觉了，早睡早起。"

"好，我明白了，"安布罗斯说着，把球杆往桌子上一丢，"我来这儿的目的已经达到了。"

伦纳德把弟弟送出门。当他在书房外面的走廊里稍作停留时，三宝麟烟的浓郁香气又钻进了他的鼻孔。

第二章　恐吓信

一

　　约瑟夫·斯佩克特的世界在一点点缩小。他老了，朋友一个个离世，双腿和后背的疼痛时常发作。新的年代——二十世纪四十年代——还有一年多就要到来，但斯佩克特感觉这不是崭新的开始，而是可悲的结束。

　　幸运的是，斯佩克特有两个强项没有被时间削弱。其一，他的头脑和之前一样敏捷；其二，他的手指仍然细长、灵活。在遥远的过去，他曾是舞台魔术师。现在，他仍然用魔术师的黑天鹅绒套装和红丝衬披风装扮自己。他把旧世界的一抹艳丽带进了阴暗的二十世纪。他拄着银顶手杖，探索神秘事物。他与时代脱节，但他也是时代不可磨灭的产物，他是巴洛克风格和大吉尼奥尔①的化身。

　　斯佩克特意识到有人跟踪时，他刚刚参加完伦敦神秘学实践团体的会议。会议在郊外的格林威治举行。这是一次愉快的出行，有美食和趣谈，还欣赏了一两个精彩的戏法。斯佩克特心满意足地等着回城的火车，然而当他在月台上的金属长椅上坐下来时，他感觉有人正在

---

① Grand Guignol，大吉尼奥尔剧院，亦译大基诺剧院、大木偶剧场，是一家在
　 1896—1962 年间营业的巴黎剧院，以上演血腥恐怖剧目闻名，因此在文学作品中成
　 为此类情节的代名词。

盯着他。

下午三点，暮色已降临。月台顶灯慢慢亮起来，旅客三五成群，交谈着，抽着烟，跺着脚驱赶寒意。斯佩克特一动不动地坐着，没戴手套的手握着手杖。

他意识到有人在监视，先观察了片刻，以判断这是不是他的想象，或是夜幕降临时的错觉。然而并不是。在等车的旅客之中，有个人在注视他。斯佩克特缓慢地转过身，扫视整个月台。在几个单独的旅客中，只有一个可能的嫌疑人。那是一个高个子，他用三天前的《先驱报》挡着自己的脸和上半身。斯佩克特打量他没被遮挡的下半身——量身定制的裤子，一尘不染的漆皮鞋，并不适合在这样的天气里穿。不管这个人是谁，他显然不是专业人士。

很快，火车拉着尖锐的汽笛到站了，斯佩克特微笑着上了车。

他在帕丁顿下车，慢悠悠地穿过人群，并不急于返回普特尼。那双眼睛再次盯上了他。那人跟着他穿过中心大厅，走过各种货摊，在一片喧嚣中走向通往地铁的石阶。在下台阶之前，斯佩克特朝那个人的方向迅速瞥了一眼，确定他没有跟丢。

那家伙就在时钟下面的柱影里徘徊。斯佩克特走下台阶，那个人跟了上去。

在地铁里，那个人小心地保持距离。虽然他频繁使用过期报纸遮挡面部，斯佩克特还是看清了他的长相。他比斯佩克特最初估计的更加年轻，这可以很好地解释他的愚蠢举动。他有着关伯兰式冰冷的笑容①，但空洞的眼神显露出无知和傲慢。他很自信，以为自己没被

---

① 关伯兰是雨果小说《笑面人》中的角色，他被人改变容貌，脸上一直保持畸形的笑容。

发现。

斯佩克特在普特尼下了车，在通向地面的台阶上就如何应付跟踪者进行了短暂思考。他有两个非常熟悉的地方：一个是他在朱比利大院的家，那是一座古怪的老房子，里面塞满了数十年来积累的恐怖物件；另一个是附近的黑猪酒吧，一家灯光昏暗、屋顶低矮的伊丽莎白时代的酒馆，迈进它的门槛就意味着回到过去。对于黑猪酒吧来说，斯佩克特就和吧台上的黄铜啤酒龙头一样熟悉，空气中若少了他的小雪茄冒出的青烟，或者壁炉边的雅座里没有他瘦削的身影，这里给人的感觉就会大不相同。他常常即兴表演魔术，用花式切牌或变硬币来迷惑常客。

街道另一头的黑猪酒吧亮起了温暖的灯光，招牌在凛冽的微风中摇摆。年轻人停下了脚步。魔术师表演了某种消失术——路上已经空无一人。年轻人皱着眉，迈着缓慢的步伐继续向前走。他掀起了软毡帽后方的帽檐，仿佛约瑟夫·斯佩克特会藏在帽子里。

"他到底——"话音未落，银头手杖迅速扫向他的双脚，击中他的脚踝，使他扑倒在地，帽子飞进了夜色中。

年轻人呻吟着翻过身，约瑟夫·斯佩克特正从上方俯视着他。老魔术师露出笑容："我想，我们没有见过。"

年轻人用胳膊肘撑起身子，笑了起来。"好吧，"他说，"你似乎名不虚传。"

对此，斯佩克特没有提出异议。"你叫什么名字？"

"弗拉克，杰弗里·弗拉克。对不起，我没有坏心。其实，我只是一个信使。"

"哦，是吗？"斯佩克特抓着弗拉克先生的手，把他从地上拽起来。

"是我母亲派我来的，"弗拉克一边说，一边捡起帽子，掸掉衣服上的尘土，"她是那种容易紧张的人，不想亲自出面。总之，她想雇用你。"

"抱歉，我不再上台表演了。"

"哈！不，不是表演。她想私下雇用你……做一些调查。"

"调查什么？"

"老实说，最好由她本人告诉你。"

斯佩克特心生疑虑。"你的母亲知道去哪儿找我。"他说。

"哦，她死也不会到这儿来的，"弗拉克笑道，"她坚定地以上等人自居。不过，我个人可以担保，她出的价钱不会比任何人低。"

"好吧，"斯佩克特说，"你很幸运，我现在正好有空。"

"很好，"弗拉克说，"现在就走可以吗？"

"现在？我以为我们会约一个时间……"

"没时间了。她今晚就想见你，家母向来想怎么样就怎么样。那么，在这个偏僻的地方，上哪儿能打着出租车呢？"

二

打到出租车以后，两个人钻进后座，斯佩克特得以更加仔细地打量年轻人。按理说，杰弗里·弗拉克本是一个帅小伙，五官端正、皮肤光滑，有饱满的下巴和高颧骨，然而强硬的态度和空洞的眼神使他可能拥有的魅力荡然无存。而且，他始终带着一副古怪的笑容。

他们一路保持沉默。

目的地是萨伏伊酒店，他们要见的女士就在顶楼套房里。弗拉克迈着大步穿过前厅，斯佩克特跟在后面。魔术师扫视周围，看到了门卫不以为然的目光。最后，他们走进电梯，电梯门"吱呀"一声关上了，令人感到不安。

身穿长礼服的接待员在顶层迎接他们，或者说，迎接弗拉克——他没有用目光、话语和其他任何方式与约瑟夫·斯佩克特打招呼。弗拉克带领他进了套房，那位女士正慵懒地斜倚在长沙发上。斯佩克特估计她的年纪在五十岁上下。她穿着贴身的双绉晚礼服，头发向后梳成柔软的发髻，白皙的脖子上挂着珍珠项链。

"他来了，母亲。"弗拉克愉快地说。

"我知道了。"她扫了斯佩克特一眼，轻蔑之意显而易见。尽管如此，她还是给斯佩克特指了座位。

"我想，您是弗拉克太太吧？"

"不，"她说，"那是我过去的称呼。杰弗里是我和前夫的儿子。我的现任丈夫是御用大律师贾尔斯·德鲁里爵士，所以请叫我埃尔斯佩思·德鲁里女士。"

斯佩克特看着这对母子。出于不同的理由，他立刻对二人产生了厌恶。

"你一定想知道我为什么愿意请你，"埃尔斯佩思女士继续说道，"根据可靠消息，你与迪恩案①关系密切。你也许不知道，我丈夫是这起案件的主审法官。自然，我比较认真地追踪了媒体对于调查细节的报道，但我没有看到你的名字。所以，我认为，你是一个谨慎的人。"

斯佩克特点头："如果事出必要的话。现在，能否请您谈一谈当前的问题？"

埃尔斯佩思女士瞥了一眼儿子，然后目光回到斯佩克特身上。

①　关于迪恩案的详情，请参考《谋杀之轮》。

"问题是，"她说，"有人要谋杀我丈夫。"

"是吗？"

"你似乎并不吃惊，这很好。贾尔斯过去也受到过威胁，收到恐吓信之类的，但都与这次不同。事实上，我知道是谁在威胁他。"

斯佩克特向后靠了靠，适应着自己在这个房间里的角色。"这么说来，这件事最好报警。"

"不，不，不，"埃尔斯佩思女士坚决地说，"我们无法承受更多丑闻。所以我才找到你，斯佩克特先生。"

"我需要弄清楚，"斯佩克特说，"你丈夫收到了死亡威胁，对方说了什么？"

埃尔斯佩思女士移开目光："可怕的事情。"

"比如？"

"我丈夫的生命受到了威胁，你只需要知道这一点。"

"恐吓信是谁写的？"

"这也是问题的一方面，大大增加了调查的难度，也是我希望你提供帮助的地方。写信的家伙叫维克多·西尔维厄斯。你知道他吗？"

斯佩克特摇了摇头。

"西尔维厄斯是一个危险的家伙，"埃尔斯佩思女士说，"他在九年前就试图谋杀我丈夫。现在，他显然决定继续这项恐怖行动。我希望你制止这件事。"

"我？怎么制止？"

"斯佩克特先生，"她正色道，"不要强迫我恳求你。如果你不想接受这个案子，没有问题。不过，请不要继续浪费我的时间。"

斯佩克特微笑着说："其实，我对你说的事很感兴趣。我能看出一个人是否在隐瞒事实。"

埃尔斯佩思女士没有说话，她打开手提包，取出一张显然曾被揉成一团的信纸，放在桌子上。修剪整齐的指尖将信纸轻轻推向斯佩克特。

　　斯佩克特探身读信。

　　杀人犯，信上写道，**等着遭报应吧**。笔迹并无特别之处，但墨水是罕见的深绿色。

　　"杀人犯？"斯佩克特挑起一边眉毛，出声询问。

　　"维克多·西尔维厄斯的未婚妻中毒而死，当时她和我们一起待在乡下。西尔维厄斯一直认为我丈夫是凶手。"

　　"而你自然是不相信的。"

　　"哦，不，"埃尔斯佩思女士脸上闪过一丝笑意，"其实我知道他是对的。那件事不像看上去那么简单。我完全相信是我丈夫杀了那个女孩。按理说，我应该让维克多·西尔维厄斯得手。"

　　"正义有许多种形式，"斯佩克特说，"不过，为什么这个维克多·西尔维厄斯时隔这么久才来报复。"

　　"因为他是一个疯子。他在精神病院待了九年。"

　　"那他又怎么能寄信呢？"

　　埃尔斯佩思女士噘起了嘴："我想，这应该由你来调查。"

第三章　瓦伦丁的困境

1938 年 12 月 14 日，星期三

一

苏格兰场地下，警局停尸房像坟墓一样阴冷。乔治·弗林特走在一排排盖着裹尸布的停尸台之间，感觉自己仿佛回到了古代，身处公元前某座地下庙宇的深处，正在检查和验收新鲜祭品。他熄灭烟斗，摘下帽子，以此表示对死者的尊重，但这也让他感到一些凉意和不安。即使没有可怖的尸体，这里还是会显得窒闷和压抑，自然光线的不足是导致这种感觉的主要原因。在几只光秃秃的灯泡下方，奇形怪状的影子随着弗林特移动。

"芬德勒？"弗林特又走了一步，四周回荡着他的脚步声，"芬德勒，你在哪儿，老兄？"

这个地方和它收容的尸体一样寂静、冰冷。没有动静，黑暗中一丝光线都没有。

弗林特走向最中间的停尸台。他掀起裹尸布的末端，端详尸体的双脚。右脚大脚趾上挂有手写标签。借着昏暗的光线，弗林特眯起眼睛细看，上面写着"身份不明"。

他又慢慢掀起裹尸布的上角，下方的那张脸（至少曾经是一张脸）已经无法辨认。有人对死者深恶痛绝，反复重击其头部，直到头

骨内陷，口鼻和眼窝碎裂，乱成一团。

"两个星期。"一个洪亮的声音说。这是那位病理学家喜欢的出场风格。"哦，对不起。我吓到你了吗？应该说，他死了两个星期。"

"死因呢？"

"勒杀。不过我不确定对面部的反复重击是否加速了死亡。似乎有人先用铁棒击中他的后脑勺，可能是想把他打晕，再把他勒死。最后，凶手再次抢起铁棒，这次对准的是面部，击打的次数超过四十次。能做出这种事的人显然是危险分子，弗林特探长。"

"关于死者的身份，有线索吗？"

"暂时还没有，但我相信快了。我采集到了清晰的指纹。"

"他的衣物也没有提供任何信息？"

"是的，他的口袋都是空的。"

"他的衣服在哪儿？"

"在这儿。"芬德勒打开一只麻袋，弗林特探身往里看。"对不起，"芬德勒说，"应该提醒你，有点臭。他穿着格子布套装。三件套。"

弗林特忍着反胃的感觉问："还有其他信息吗？"

"哦，还有装他的箱子，我相信你一定认得，"芬德勒指了指屋角，那里立着一只行李箱，"为了把他装进去，凶手必须将他的身体折叠起来，因此弄断了几根肋骨。被折断的还有他的脚踝，两个肩膀也脱臼了。"

"凶手只有一个人吗？我以为是团伙作案。"

"嗯，"芬德勒耸耸肩，"你也许是对的。现在，恕我失陪，我必须为解剖做准备。"

病理学家说完，匆匆离去。弗林特深吸一口气，看了看周围这一片盖着裹尸布的停尸台。他再次低头看了死者一眼，感到一阵忧郁。

就在这时，停尸房远端的一块裹尸布开始抽动起来。

弗林特盯着那里。他听过类似的事——肌肉痉挛看上去就像可怕的诈尸，这样的事情常常发生。

然而令他毛骨悚然的是尸体突然坐了起来，他差点尖叫出声。

裹尸布掉落，约瑟夫·斯佩克特的笑脸出现在眼前。"你在抽什么风，斯佩克特，好吓人……"

"我发现这里很宁静，跟芬德勒医生提到后，他建议我小睡一会儿。他说，这是他的习惯。"

"一点都不稀奇。现在请告诉我，你在这里做什么？"

斯佩克特把腿搭在停尸台边上，然后站起来，脚步轻轻地落在冰冷的地砖上，走过来和他的老朋友握手。

"我在调查一桩旧案。你也许有所耳闻，据说是一起伪装成自杀的谋杀，被害者叫格洛丽亚·克雷恩。"

虽然弗林特的小胡子和眉毛都很浓密，但他的惊讶还是显露出来。"你调查格洛丽亚·克雷恩干什么？"

斯佩克特露出笑容："看来你的确知道。"

"有人对你说起这个案子吗？"

芬德勒再次现身时在吹口哨，吹的是《摇滚年代》的曲调。"啊，看来你们已经打过招呼了。"他走向金属水槽，拧开水龙头，用哗哗的水流冲洗双手。

"芬德勒，我想问你点事。"

"想必是跟格洛丽亚·克雷恩有关。斯佩克特已经彻底盘问过我了。那么，你又想知道什么呢？"

"她死于士的宁中毒，是吗？"

芬德勒点头："我当时只是一个打下手的，瓦伦丁是主验尸官。

弗林特，你还记得基思·瓦伦丁吗?"

　　弗林特记得。基思·瓦伦丁是一个奇人，也是法医界的名人。他过去参与了一些极其恶劣的罪案的审判，因此名声大噪，而出名总是带有风险的。多年前，他的职业生涯不太圆满地结束了，最近已经很少被人提起。

　　"所有迹象都指向自杀，"芬德勒说，"任何人要在她的食物和饮品中下毒似乎都是不可能的。你知道，她当时在参加晚宴。所有人吃的东西、喝的东西都是一样的。而且，所有餐盘、酒杯和酒瓶都是安全的。不过，有一点很奇怪：为什么是士的宁? 士的宁中毒是一种非常恐怖、痛苦的死法。我很难相信有人会自愿服用这种毒药。即使我们接受了自杀的假设，也没能在她身上和房间里找到盛放毒药的容器。我们只在她的胃里找到了士的宁药液，这意味着她是被谋杀的。如此就进入了一个死循环。这就是瓦伦丁的困境。他的部分工作方法——他成功的原因——在于拼接链条，而死亡只是链条的一环。"

　　"我想起来了，"弗林特说，"他曾告诉记者，他思考问题时不像科学家，而是像侦探。这对他没什么好处。"

　　"就像桑代克医生①一样，"斯佩克特说，"所以，克雷恩案成为无解的谜案。"

　　"这对他的自尊心造成了很大打击，"芬德勒应和道，"是他职业生涯里的首次失败。不过，他之前已经走了一段下坡路，早就应该隐退了。他以为他无往不胜，这种想法从来都是不明智的。我是一个实用主义者。我很清楚，他是一个令人无法忍受的老顽固。但格洛丽亚·克雷恩的死是一个转折点。为什么是士的宁? 这个无法回答的问

---

① 桑代克是英国小说家奥斯汀·弗里曼笔下的侦探。

题使他陷入低谷，一直在原地打转。年轻女人自杀并不新鲜，但年轻女人用士的宁自杀非常罕见。士的宁比氰化物和砷更难弄到手，中毒后的死亡过程也更慢、更痛苦。这暗示她是被谋杀的。所以，瓦伦丁的注意力又回到宴会宾客的证词上。他反复研究，试图在时间线上找到一个能让凶手下毒的缺口，但他找不到。他感觉自己似乎辜负了死者。好像真相触手可及，却从他指缝里溜走了。"

"他后来怎么样了？"

芬德勒叹了一口气："说起来让人难过。他在第二年精神崩溃，上级强迫他退休了。再往后我就不知道了。现在，如果你不介意，我要开始解剖那个不幸的家伙了。"他指了指在行李箱里发现的无脸尸。

斯佩克特却在研究死者脚趾上的标签。"这是谁写的？"他问道，"是你吗，芬德勒？"

"是我的助手。他得了流感，今天不在这里。我可不想让他对着尸体们咳嗽。"

斯佩克特表情沉重地摇了摇头。"身份不明，"他说，"我想，这是最令人伤感的词语之一。"

"斯佩克特，这些标签都是临时的，好让我知道谁是谁。你也看到了这里有多拥挤，光靠记忆力很难分清。现在，我可以开始了吗？"

"不用管我们。"斯佩克特说。

弗林特却无心观摩。"走吧，"他对斯佩克特说，"我请你吃午餐，你这个老怪物。"

二

午饭后，他们沿着泰晤士河散步。

"这件事很怪，"弗林特说，"疯子的妹妹让我调查，法官的妻子请你调查。这有点太巧了，不是吗？"

"的确。而且，格洛丽亚·克雷恩之死还有许多未解之谜。"

"我看了一眼卷宗，"弗林特说，"如果她不是死于士的宁中毒，这个案子就没什么好说的，就是单纯的自杀。但我告诉你，她的手提包里有一瓶安眠药，但她体内却只有她和德鲁里一家共用的饭菜和士的宁。"

"我渐渐明白为什么瓦伦丁教授对这个案子着迷了。"斯佩克特说。

"还有维克多·西尔维厄斯。我对他还没有明确的想法。不过我告诉他妹妹，下个星期去探望他，听一听他的说法。"

"在我看来，"斯佩克特说，"和悲剧人作对是极不明智的。"

"是的，卡罗琳也这么说。告诉我，斯佩克特，'悲剧人'到底是什么人？"

"嗯，"斯佩克特说道，"这些人的会员身份是公开的秘密，可他们的宗旨和活动内容在很大程度上不为人知。这自然带有一些神秘色彩，但其实并不比表面所见复杂多少。'悲剧人'主要是一个饮酒俱乐部，会员身份世袭，仅此而已。所以，现在的俱乐部成员都是初代悲剧人的后代。"

"听上去像是浪费时间。"

"是的，总体上的确如此。不过，悲剧人以忠诚著称。他们互帮互助，在这方面和其他秘密团体类似。他们会照顾自己人。"

"那么，"弗林特靠近了，低声说，"怎样辨认悲剧人？秘密的握手方式？图章戒指？"

斯佩克特笑了起来："没那么花哨。不过，他们的会徽是两把交叉的短弯刀。你最好留意这个标志。"

此时，他们已经回到了苏格兰场。分别之前，斯佩克特说："你必须小心行事，弗林特。挖掘过去的秘密是一件危险的事。"

"那你呢?"弗林特说。

斯佩克特微笑道："我一直很小心。"

插曲　艾达·科斯格罗夫之死

　　艾达·科斯格罗夫之死让人觉得既可悲又可怜。

　　艾达的丈夫是公务员，名叫阿瑟。他下班回家，一进门就感到了异样，那是一种空虚感，本应存在的什么东西不在了。

　　艾达是个永远保持整洁的人，但门厅木桌上的那瓶风信子此刻正七零八落地散在地板上。毫无疑问，花瓶落地时发出了巨大的声响，但是没有人来收拾。凋零的花朵和破碎的陶片可怜地散落在饰有图案的油地毡上。

　　花瓶怎么会翻倒在地？它很结实，是艾达已故的母亲赠送的结婚礼物，已经在同样的位置摆放了大约十五年。事实上，还要更久。现在它突然倒在地上，就像被行刑队处决的士兵一样，为什么？

　　门外的风很大，却不足以把桌上的花瓶卷到地上。最后，阿瑟得出了唯一可能但又极不可能的结论：艾达推倒了花瓶。不过，艾达喜爱这个花瓶，它是她母亲送过的为数不多的礼物之一。

　　艾达的母亲很严厉，一向不苟言笑。她虽然恨阿瑟，毫不掩饰对他的蔑视，却也很爱面子。莱西夫人厌恶别人的关注和批评，已经到了病态的程度。她通常喜欢说长道短，除了丑闻落在自己身上的时候。所以，举行婚礼时，她装得大方得体，似乎并不完全讨厌女儿所爱的男人。为此，她还送了这只花瓶，也就是此时阿瑟脚边的一堆碎片。

他开始呼喊妻子的名字，尽管他已经知道她不会答应。他心里有一个声音在说，她在家，在楼上的某个地方，但她不会回答他了。

"哦，艾达。"他找到她了。不出所料，她没有回答。

她服了半瓶安眠药，就那样躺下，合上了眼睛。梳妆台上有一张留给他的字条，和她的大部分信件一样字迹工整，然而上面并没有他想知道的答案。

他已经很久没有坐在她的床边了。当他坐下时，他感觉床垫里面塞了东西，最后翻找出一捆绑着红丝带的信件。每封信的笔迹都流畅而陌生，落款"杰弗里"。

"杰弗里，杰弗里……"

阿瑟对这个名字没有印象。他读起信来，它们像一块块拼图，拼出一幅丑陋的、可耻的画面。艾达和杰弗里的婚外恋情始于夏季。阿瑟想起了一些小事，在过去的几个星期里，艾达总是佩戴相同的首饰。阿瑟打开了她的首饰盒。他猜得没错：她的很多首饰不见了。很奇怪，不是吗？只有一种解释：珠宝落到了杰弗里手中，作为让他闭嘴的代价。他在敲诈她。当她拿不出更多珠宝时，艾达感到自己陷入了绝境。她拼命寻找出路，但是找不到。

阿瑟·科斯格罗夫不知道杰弗里是谁。他会查清楚，哪怕找遍天涯海角。这个人谋杀了艾达，几乎是亲手逼她吞下了安眠药。

第四章　斯佩克特赴宴

一

　　贾尔斯·德鲁里爵士很想快点离开城市。这位法官在伦敦待得疲惫而烦燥，已经开始为圣诞节倒计时。届时，他和埃尔斯佩思一起回归乡绅生活，位于切尔西的住宅将闭门谢客。不过在这之前，他还得应付一下眼前的晚餐。

　　家庭聚会总是很麻烦，但埃尔斯佩思又一次说服他参加。她说她邀请了一位"老朋友"，名叫约瑟夫·斯佩克特，这个名字很可笑，很像周六晨间剧里的人。

　　书房狭小（马奇班克斯镶着橡木板的大图书室则很气派，身在其中得多惬意啊！），急促的敲门声响起，随后他的继子杰弗里·弗拉克未经允许就走了进来。

　　法官留着漂亮的小胡子，差不多盖住了他的嘴型，除此之外，他最明显的面部特征是一副半月形眼镜。他在说出特别严厉的话时，镜片上方的眼睛会直直地盯着拷问对象，神色令人敬畏。虽然他最近发福了，但他年轻时喜欢运动，是射箭和划船的好手，曾在 1886 年和 1887 年代表剑桥大学参赛，赢得了著名的普特尼至莫特莱克河段赛艇比赛的冠军。在此后的几十年里，他逐渐意识到权力比体力更重要。这种顿悟使他最终进入刑事司法系统的核心部门。现在的他比过去做运动员时更加强大。他经过之处，谈话的人都会安静下来。人们知道他是大人物。多年来，他勇敢面对了每一次挑战，现在可以光荣退休了，就像透纳画中映着夕阳的战舰"无畏号"——功成身退。

不过，他还没有下定决心。随着法庭上的时间逐渐成为他生活中的精彩时刻，他对简单事物的兴趣一点一点地消失了。总的来说，他的儿子令他失望。他无法寄情于烟酒，尽管在这上面的消费并不低。读了几十年枯燥的法庭报告，他也失去了阅读的习惯。轻微耳聋让他无法欣赏音乐。他时不时地赌一把，却总是输。

总而言之，退休的前景令他恐惧。他不想成为一具乏味无用的躯壳，尽管他不愿承认这一点。他想一直当法官，直到死去那天。老天保佑，他能做到。

他倔强地继续占据着自己的职位，这是他此生的使命。他永远不会停止工作，永远不会。

现在，他带着冷酷和敌意看着杰弗里·弗拉克，就像看着被告席上的极恶之徒。弗拉克没察觉似的歪坐在椅子上，像一个忧郁的少年，平日里常见的得意笑容一直挂在脸上。

"老妈告诉我，你想在人到齐之前跟我说话。"

"没错，"法官的发音带有莎士比亚时代的特征，他的"d"像刺出的匕首，"t"总是伴随着飞沫，"我希望你向我说明，你到底在搞什么鬼。"

"具体指的是什么？"

"别说你不知道。有个女人死了，艾达·科斯格罗夫，她是你的情人，对吧？"

杰弗里咧开了嘴。"哦，艾达，"他惋惜道，"我让她把信烧了。"

"她没有照做。昨天在她自杀之后，她的丈夫发现了信，并且看了每封信的内容。"

"真不幸，这得让他吃不下晚饭了吧。"

法官咆哮道："她的丈夫是一名公务员，你很清楚。他想以勒索、欺诈、盗窃和他那愚蠢的头脑能想到的所有罪名指控你。幸运的是，我及时发现并阻止了这一切。我这么做不是因为我喜欢你，杰弗里，而是出于对你母亲的爱。我知道，要是她看到你自食其果，一定会崩溃的。"

"我很幸运，"杰弗里笑容满面，"如果老妈不在，你就会让那位丈夫来报复我，是吗？"

贾尔斯爵士的目光没有从继子身上移开："我也许会。"

杰弗里站起来，边踱步边说："但是，这件事听起来很麻烦。我是说，要是那个科斯格罗夫纠缠不休怎么办？"

"恐怕你要靠自己了。我已经完成你母亲的请求。"

"是，是，"杰弗里急躁地说，"那我怎么办？你是否觉得我应该避一避……"

贾尔斯爵士目光犀利，看着杰弗里说："如果你觉得我会继续为你的荒唐买单，那你想错了。明白了吗？"

杰弗里并不争论，仍然做出忧心忡忡的样子："你和老妈要去马奇班克斯过圣诞？"

贾尔斯爵士不情愿地点头承认。

"那太好了，"杰弗里拍手道，"我和你们一起去。在乡下待一待对精神有好处。我还能避避风头，等科斯格罗夫的事情过去。老爸，你觉得怎么样？"

二

无精打采的女仆点了点头，把约瑟夫·斯佩克特让进门，领他进入客厅。

"斯佩克特先生,"法官面无表情地说,"听我妻子说,你是她家的老朋友。"

"你好,"斯佩克特说,"是我们三个人一起用晚餐吗?"

"不,"贾尔斯爵士说,"今天是六个人的聚餐。我想,我的继子杰弗里正在打电话。伦纳德和安布罗斯会晚到一会儿,这是他们的习惯。"

斯佩克特礼貌地点头,暗自琢磨刚听到的名字。他对于伦纳德·德鲁里和安布罗斯·德鲁里的了解主要来自传言。伦纳德凭借挺拔的身板和犀利的台词在戏剧舞台上独领风骚,现在又在电影界出了名。

安布罗斯还在尴尬的青春期里挣扎,不太清楚自己想做什么。目前,他是一名艺术家。他今年夏天在欧洲游玩,四处饮酒作乐,走到哪儿都留下一片翻倒的桌子、摔碎的酒杯,还有愤怒的店主。

先到的是伦纳德,斯佩克特在伦敦西区见过他。在贾尔斯爵士的引见下,斯佩克特仔细端详这位年轻演员,后者则把斯佩克特从头到脚打量了一遍。

"你是魔术师吧?"

"过去是,"斯佩克特说,"现在基本不干了。"

此时,杰弗里·弗拉克走进了客厅。虽然他的脸上仍然带着意味不明的笑,但在极短的时间里,他表现出另一种情绪,那是一种本能的恐惧,和动物被逼到绝境时一样。杰弗里和伦纳德握手时,那个表情已经消失了。虽然这两个年轻人是异父兄弟,但他们之间的相似性是肉眼可见的。伦纳德稍微胖一些,嘴角也不像杰弗里那样轻蔑地上挑,但他们显然是有至少一半血缘关系的血亲。

女仆为他们准备了开胃酒,斯佩克特一边饮酒,一边感受这个家庭不愉快的氛围。伦纳德和杰弗里分开坐在房间的两边，可两个人的肢体动作却奇特地保持一致。当伦纳德跷腿时，杰弗里也跷腿；当杰弗里抱胸时，伦纳德也双手抱胸。

安布罗斯·德鲁里最后一个到。"斯佩克特先生，"他说，"你好。看起来，你也是被老妈藏在橱柜里的骷髅。①"

"你好。"斯佩克特回应道。

也是？他知道，在她成为埃尔斯佩思"女士"之前——甚至在她成为埃尔斯佩思·弗拉克之前——她是埃尔斯佩思·雷纳德，做过几家小剧团的女高音歌手。她结婚后迅速告别了舞台，如今可以毫不费力地过上著名歌唱家的生活。

"拜托，"贾尔斯爵士说，"别谈骷髅了，今晚我们还是聊些愉快的事吧。至少推迟到晚饭以后。"

"安布罗斯现在是演员了，"伦纳德语带讽刺，不知道他的父母会作何反应，"实际上，我们正在竞争出演一部新片的主角。竞争很激烈，但目前领先的是他。"

"真的？"斯佩克特礼貌地说，"是什么影片？"

"《塔拉里》，"安布罗斯告诉他，"演绎那位法国表演者的人生和爱情。"

"有时我真希望你一直做个运动员。"贾尔斯爵士对小儿子嘟囔道。

"恐怕自从'快速触身球'战术被禁止，我就没有体育精神了。"

在他们进一步讨论实事之前，晚餐的锣声传到了客厅。"谢天谢

---

① "橱柜里的骷髅（a skeleton in the cupboard）"，英语短语，指不可告人的秘密或家丑。

地。"贾尔斯爵士低语道。

三

晚餐的煎鲽鱼配龙虾汁让贾尔斯爵士吃得心满意足，他没有注意到伦纳德和安布罗斯都没动餐具。他们在仔细观察自己的父亲，同时交换着不愉快的眼神。斯佩克特拨动着食物，静静旁观。

埃尔斯佩思女士轻翻手腕，将开胃酒一饮而下，随即又要了一杯。她似乎打算纵容自己的恶趣味。

"伦纳德，"她开口道，"你什么时候才能停止装模作样，让我抱上孙子？"

贾尔斯爵士差点被嘴里的西兰花噎住。伦纳德却回答得很轻松。

"我在尽力，母亲。姑娘们都有点怕我，这能怪谁呢？不过，这的确会耽误进展。"

"有看中的吗？"贾尔斯爵士边咀嚼边问。

"有，是一个可爱的年轻女孩。"

"哦，是吗？"法官有了兴趣，"你们在哪儿认识的？"

"嗯，就在附近。我们都在帕尔米拉俱乐部跳舞。"

"我知道了。"显然，贾尔斯爵士不想立刻作出评价。

"你怎么样，杰夫？"伦纳德把注意力转向杰弗里·弗拉克，"新目标出现了吗？"

没等弗拉克回答，埃尔斯佩思女士迅速转移了话题。

斯佩克特听着谈话转变成乏味的闲聊。伦纳德最近新招了一名私人秘书，但还不确定对方是否称职。"奈廷格尔是一个冒险家，至少是冒险家的助手。我自己也当过童子军，"伦纳德风趣地说，"那时候，他们说我是打猴拳结的高手。不过，大多数孩子长大后会忘记这种事情。"

"有趣，你居然提到了猴拳结。"斯佩克特说。所有人的目光都转向他，因为他已经好一会儿没有开口了。他把右手伸进衣兜，取出一段细绳，像挥鞭子一样甩了几下，再用左手手指一弹，绳子末端便出现了一个完美的绳结。"在魔术表演中，这是一个重要戏法。"

安布罗斯并未被小小的即兴表演打动。斯佩克特觉得他比伦纳德敏锐，但缺少心机。"奇怪，我之前从没听说过你。"他说。

"安布罗斯，不得无礼。"埃尔斯佩思女士说。

安布罗斯却仍然看着斯佩克特："我只是想说，你显然对你正在做的事很擅长。谁都会觉得你应该是一个大名鼎鼎的魔术师。"

"我已经告别舞台了。"斯佩克特边说边把绳子收起来。

"哦？那你现在是干什么的？"

斯佩克特能感觉到埃尔斯佩思女士的紧张。"我在做生意。"他回答道。

"什么生意？"

"安布罗斯，你能不能规矩一点？"埃尔斯佩思女士训斥道，并且愤怒地拍了桌子，震得酒杯和餐具当啷作响。贾尔斯爵士和杰弗里都转头看着她，伦纳德和安布罗斯却没有，二人还耐人寻味地对视了一眼。斯佩克特依旧饶有兴致地旁观。

埃尔斯佩思女士立刻恢复镇定，作为一位合格的女主人，她迅速转移了话题。她引导安布罗斯分享试镜的情况。他之前一直在熟悉台词，为去谢珀顿试镜做准备。他向父母保证"做得很好"。就在这时，杰弗里宣布，他会陪母亲和继父去马奇班克斯过圣诞。

这引发了伦纳德和安布罗斯的惊慌与愤怒。

"你没想过邀请我们吗？"伦纳德直接问道。

贾尔斯爵士只是叹了一口气。在上甜点之前，伦纳德和安布罗斯都在争取一起去马奇班克斯过圣诞。

"马奇班克斯是德鲁里家的祖宅，"法官向斯佩克特解释道，"在德鲁里名下的时间已经超过四百年。"

"而管事人一直是兰塞布尔太太。"安布罗斯笑着说。

马奇班克斯宅邸，当年格洛丽亚·克雷恩被害的地方，斯佩克特想着。在那个年轻女子不幸殒命十年后，所有嫌疑人将齐聚在那处屋檐下。

当仆人清理餐桌时，埃尔斯佩思女士开始喊头痛。过了不久，她就回了卧室，留斯佩克特独自面对家里的男士们。

间隔了好一阵子，男主人再次直视斯佩克特。"也许，"他说，"在他们喝咖啡的时候，你可以跟我去书房坐一坐。我想，我们需要商讨一些事情。"

如果他以为魔术师会感到为难，那么他错了。斯佩克特接受邀请，和主人一起离开了餐厅。走的时候，他瞥了安布罗斯一眼，发现这位年轻的艺术家正阴沉地看着他。

第五章　法官的秘密

　　一关上小书房的门，贾尔斯爵士的姿态就变了。"我亲爱的妻子，"他说，"她从不喜欢秘密。所以，当她提到一位神秘的'表亲'时，我立刻起了疑。你是侦探吧？你不需要回答，我知道你是。实话告诉你，斯佩克特，"他继续说道，"我很高兴她能找人帮忙。那些威胁令我坐立不安。你参与过迪恩的案子，对吧？我们从未见过面，但弗林特提过你的名字。"

　　"事实如你所说，贾尔斯爵士。你的妻子很担心你。"

　　法官心事重重地点头："斯佩克特先生，在保持慎重和有利的前提下，我会配合你的调查。"

　　"这也是我的请求。"斯佩克特说。接着，他打开烟盒，取出一支小雪茄烟递给德鲁里，后者拒绝了。斯佩克特点了烟，说道："现在，希望你把一切都告诉我。"

　　法官深吸一口气，下定决心说道："不必说，我们的谈话绝不能泄露出去。"

　　斯佩克特等着他说下去。

　　"好吧。"贾尔斯爵士终于开口了。他不爱长篇大论，除非形势所迫。"我可以告诉你，我为什么设法掩盖格洛丽亚·克雷恩的死亡真相。当时，人人都以为是自杀。那当然是胡扯。没有人会用士的宁自杀，这种死法太可怕了。而且，她的手提包里有安眠药，完全可以更轻松地自我了断。"

"所以，你怀疑是谋杀？"

一阵沉默之后，贾尔斯爵士说："我能相信你吗？我是说，我真的能信任你吗？"

"当然。"

法官叹了一口气："我的妻子是一个嫉妒心很强的女人。只要她有了一个想法，你就很难让她打消念头。"

"她嫉妒格洛丽亚·克雷恩？"

法官点头。

"你认为是你的妻子下毒害她，是吗？"

不管法官的答案是什么，斯佩克特都只听见一个音节。他的话被骤然响起的爆裂声和一股冷风打断。斯佩克特看向窗户，发现玻璃上面出现了蛛网状的裂纹，正中间有一个圆形小孔。

法官站了起来，纸张被风吹得围着他盘旋。

"低头！"斯佩克特急忙说。

不过，并没有第二声枪响。斯佩克特小心谨慎地接近窗户，向外望去，只有一片漆黑。枪手消失了。

"该死的鸟，"法官说，"斯佩克特，只是一只鸟，被风吹得失去方向，撞上了玻璃，仅此而已。"

"这是弹孔。"斯佩克特坚决地说。

"听我说，是鸟干的，明白吗？"法官压低声音，目光扫向窗外的街道，"还发生过其他类似的……意外，但我的妻子不知道。这只是一种警告。"

"谁发出的？为了什么？"

"有人想恐吓我。为了我的妻子好，我不会让他们得逞，她的精神已经够紧张了。我们后天出发去马奇班克斯，"他用手指敲着桌面，想了一会儿，然后说，"斯佩克特，你能一起去吗，以便留意一些情况？"

斯佩克特注意到，在刚才的意外中，原本立在书桌上的一个小相框掉在了地上。他弯腰拾起来，发现照片上是身穿白色板球衫的少年安布罗斯。斯佩克特把相框放回桌上，他凝视着照片，越看越觉得伤感，尽管他不知道这是为什么。

"好吧，"他说，"我去。现在，如果你不介意，我必须去查看袭击者是否留下了痕迹。"

斯佩克特离开书房，穿过门厅，走向正门。夜晚的街道上没有行人，要追踪枪手的移动并不困难。德鲁里家和相邻的住宅之间有一条窄巷。从脚印看，有人轻快地从小巷里走出来，走到街对面的路缘上站定，然后迅速原路返回。

在雪中，斯佩克特独自站在阴暗的巷口。枪手消失了，但他不可能走远。返回的脚印停在对着小巷的一扇窗户外面。由此推测，他是从屋里翻窗而出，绕到房子正对面，开了一枪，然后折返。脚印是男鞋留下的，因此嫌疑人有三个：伦纳德、安布罗斯和杰弗里。问题很简单。

魔术师回到室内，走向与那扇窗户相隔两个房间的吸烟室。令他意外的是，纸牌游戏开始得快，结束得也很快。杰弗里·弗拉克枕着双手，懒散地躺在沙发上，嘴里叼着香烟。

"找那两个家伙吗？"他说，"他们去打台球了。"

"过去五分钟内，有人经过这里吗？"斯佩克特问。

"没有。不过，我好像听到了汽车的回火声，也可能是枪声。"

斯佩克特来到台球室，发现那里只有伦纳德。"你弟弟呢？"

"在楼上，"伦纳德回答，"至少我认为他上楼了。"

伦纳德继续摆球，斯佩克特则回到了门厅。当他走向书房时，阴暗的过道里出现了一个身影。斯佩克特挺起胸膛，准备应对攻击，然而什么都没发生。那个人上前一步，斯佩克特惊讶地发现，他不是今晚的客人，而是一个陌生人。

"我们见过吗？"年轻人率先开口。

斯佩克特的眉头立刻舒展，彬彬有礼地说："我是约瑟夫·斯佩克特，"他说，"请问你是……？"

"西尔维斯特·芒克顿。"对方报了姓名，却并没有握手的意思，而是瞥向贾尔斯爵士的书房。"我是从侧门进来的，"他解释道，"老爸不想让人看到我。"

"老爸？"

芒克顿露出不自然的微笑。"按理说，我应该姓德鲁里。不过，老爸觉得这样会把事情变得很复杂。这就是莎士比亚戏剧的风格，不是吗？否认私生子。"他的头发参差不齐，在头顶中间分开，上长下短。他的眼睛隐藏在眉骨和眉毛的阴影里，下嘴唇向外凸出。支持颅相学的犯罪学家隆布罗索会给他贴上"返祖"标签，称他是天生的凶手。不过，斯佩克特不会轻易被外貌说服。

"但你就在这里。"魔术师说。

"我喜欢偶尔提醒他，不要忘记我的存在。当然，也为了恳求他的施舍。"

"你刚才在外面看见谁了吗？"

"没有。"

斯佩克特话锋一转："埃尔斯佩思女士请我帮忙调查一些事情。"

"是吗？"芒克顿轻声回应，显然不想被其他人发现，"如果是关于那些信的事，我就不浪费你的时间了。追究他的秘密往事有什么意义呢？我就是他不可告人的一个秘密。"

"你认识格洛丽亚·克雷恩吗？"

"不认识。但他应该忘不了。"面对意料之外的问题，西尔维斯特回答得很快。

"忘不了什么？"

"你觉得呢？"西尔维斯特说，黑色的眼睛炯炯有神。

"你觉得你父亲杀了她？"

芒克顿并不打算透露更多信息。"你知道吗，"他说，"当我听说他被维克多·西尔维厄斯刺杀时，我眼泪都笑出来了。当然，事后自觉很缺德。这就是私生子，斯佩克特先生。我爱他，同时也恨他。因为他的身份爱他，因为他的行为恨他。"话说到这儿，西尔维斯特·芒克顿就溜出了前门，信步走进夜色中。斯佩克特站在门口，看着他离开。此时，他发现西尔维斯特留下的脚印有一个特征——一只脚比另一只脚踩得更深。所以说，西尔维斯特有一只畸形足。这排除了他是枪手的可能，同时表明他是在枪响之后进屋的，否则斯佩克特之前在外面就会看到他的脚印。

带着各种新的猜测，斯佩克特再次进屋，回到法官的书房。他发现贾尔斯爵士撕下了一本旧书的封面，用它盖住了窗上的弹孔，此时正在匆忙地整理被风吹乱的文件。

"贾尔斯爵士，我认为隐瞒是不明智的。"

"你说这话是什么意思？"

"比如像西尔维斯特·芒克顿这样的秘密。"

法官立刻站了起来。"西尔维斯特？你怎么……"

"我刚才在门厅跟他打了个照面。"

法官望左右看了看："还有其他人见到他吗？"

"我想没有。"

贾尔斯爵士缓缓地叹了一口气，再次走到窗边。天已经黑透了，街灯在飘雪的街道上洒下怪异的橙黄色光线。"你不需要在意他，斯佩克特。他和这些事情没有关系。信不是他寄的。"

"你能肯定吗？"

"你见过其中一封信，对吧？我想，我的妻子从废纸篓里捡回了一两封。"

斯佩克特点头。

"那么，"法官说，"你知道，信是用绿墨水写的。西尔维斯特不会用绿墨水。"

在短暂的疑惑之后，斯佩克特很快知道了原因。"我明白了，"他说，"西尔维斯特是色盲。"

"红绿色盲，是遗传他母亲。"贾尔斯爵士解释道。

"不过我想这并不能阻止他使用绿墨水。如果真的是他，他正可以利用这一点转移视线。"停顿了一会儿，斯佩克特接着说道，"绿墨水是一个有趣的选择，在新闻界有特别的意义——据我所知，编辑收到的最疯狂的信常常是用绿墨水写的。写信的怪人们似乎认为，鲜明的绿色能反映内容的重要性。"斯佩克特又停顿了一会儿，"但恐吓你的并不是这样的怪人，我想，对方希望我们以为他是。"

法官张了张嘴，显然想争辩两句。

斯佩克特换了话题："你提到了西尔维斯特的母亲。关于她，有什么是你能告诉我的？"

贾尔斯爵士气恼地说："她是我一个熟人家中的女仆，名叫埃丝特·芒克顿。那时——刚和埃尔斯佩思结婚的那段时间——我是一个十足的蠢货。"

"那么，西尔维斯特是你的第一个儿子？"

法官点了点头："他比杰弗里小几岁。"

得知真相之后，斯佩克特问："雇用芒克顿小姐的熟人——他会不会碰巧是悲剧人的成员？"

"你对悲剧人了解多少？"

"我只知道那是一个俱乐部，你和贾斯珀·蒙克里夫医生都是里面的会员。"

"又是一个有根据的推测吗？"贾尔斯爵士笑着说，"是的。不过，知道这一点也没用，那位悲剧人早就死了。他叫里奇蒙·凯斯勒。"

"我想，他把芒克顿小姐扫地出门了，对吧？"

"他……辞退了她，是的。据我所知，她死前寄宿在一家未婚母亲救济所里。当然，她当时就是一名未婚母亲了。"法官此刻的语气就像下判决一样冷淡。

"恕我直言，贾尔斯爵士，在我看来，这完全可以成为写恐吓信的动机。你的儿子想报复你。"

"但是……"法官仍然望着窗外，"我怀疑，事情没有这么简单。"

"把简单事情想得很复杂是人的天性，"斯佩克特说，"魔术师深谙其道。认知是我们成事的基础，有时对凶手来说也是如此。"

第六章　玩纸牌的人

1938 年 12 月 15 日，星期四

一

乔治·弗林特熬过了一个不安的夜晚。他一进办公室就拿起电话，拨打了西尔维厄斯小姐给的号码。

"弗林特探长！"听到他的声音，她似乎很惊讶，"什么事？"

"西尔维厄斯小姐，我想和你谈一些事情。我今天上午能去拜访你吗？"

"不行！"她本能地回答，"不行，因为我是一个家庭教师，住在雇主家里。如果警察上门，他们一定会问……"

"好的，好的，别着急。我们能在其他地方见面吗？"

她谨慎地说："哦，昨天是我的休息日。我想，我不能……"

"那就带上孩子。他们多大？"

"一个三岁，一个四岁。"

"带他们出门散步。我们可以私下见面。"

她思考了一下说："好，可以。"

"另外，"弗林特说，"我想带上一位我的同事，他也许能帮上忙。可以吗？"

"可以。"

"很好。"

<h2 style="text-align:center">二</h2>

弗林特提前到了考陶尔德艺术学院，他不确定卡罗琳·西尔维厄斯是否到得更早。考陶尔德到卡罗琳雇主的家和苏格兰场的距离差不多，是最合适的见面地点。

他发现画廊里只有一个人——身着披风的约瑟夫·斯佩克特背对弗林特，正在专注地欣赏一幅油画。

"我想，"斯佩克特仍然背对着他，说道，"我解开了。"

弗林特走到他身旁，抬头看着油画说："解开了什么？"

"《玩纸牌的人》。"

旁边的文字表明，这幅油画是保罗·塞尚的作品，画的是两个人在巴黎的一家客栈里打扑克。弗林特端详着油画，问道："哪有什么谜题？"

"我们看不到两个人的牌，但我们完全可以根据他们的身体语言来判断谁能赢。

"烟斗具有欺骗性。抓到小牌的人通常会有舔嘴唇或者伸舌头的动作。所以，烟斗是一种有用的伪装。

"两个人都盯着手牌，这不能说明什么。

"很遗憾，我们看不到他们的脚，跺脚是重要的提示。

"不过，请看左边的人。他坐得笔直，烟斗紧紧地叼在嘴里。擅长欺骗的人常常会占据尽可能多的空间。换句话说，我们吹牛时会正襟危坐，挺起胸膛，如雕像一般端正。再看右边的人。他弯着背，面色阴沉，就连他的帽子也有一处是塌下去的；他的手指松松地握着牌。通过对比，左边这个人的身体轮廓要清晰得多，你几乎可以看到他绷紧的肌肉。右边的家伙看上去则非常放松，他在引诱对手加码——手握制胜牌的人是他。"

"聪明，"弗林特不耐烦地说，"但这有什么意义？"

"不知道，"斯佩克特笑着说，笑声就像骨关节在咔哒作响，"不管怎样，我很高兴你提前到了，弗林特。在见卡罗琳·西尔维厄斯之前，我想说几点我的看法。"

"比如？"

"昨天晚上，我与贾尔斯·德鲁里爵士和他的家人共进晚餐。那家人不正常，弗林特，他们有太多的秘密。贾斯爵士邀请我去郊外的马奇班克斯度假。我明天出发。"

"格洛丽亚·克雷恩就是在那里死亡的。"弗林特说。

"不仅如此，从那里驾车只需要三十分钟，就能到达贾斯珀·蒙克里夫医生经营的格兰奇疗养院，也就是维克多·西尔维厄斯已经待了九年多的地方。"

"哦，天哪。"弗林特说。

"所以，我需要你告诉我，到目前为止你知道的关于西尔维厄斯小姐的一切。"

弗林特气恼地说："我调查了她的过去，没什么特别的。她与父母关系不好，他们去世后的遗产也捐给了慈善机构。这就是为什么她不得不工作。除此以外都很正常，她在预备学校的记录非常清白。她还有一些追求者，但都不是认真相处的对象。"

儿童清脆的笑声从画廊另一头传来。两个人转过身，看到他们正在谈论的卡罗琳·西尔维厄斯女士牵着两个孩子出现了。卡罗琳也在笑，尽管她一见到弗林特和斯佩克特就敛起了笑容。她给了孩子们素描本和几支蜡笔，把他们安置在一张木头长凳上，然后小心翼翼地走向弗林特和斯佩克特。

"请你们见谅，"她说，"我不能让雇主知道这件事。"

"放心，"斯佩克特说，"我们会谨慎对待。"

"西尔维厄斯小姐，这是约瑟夫·斯佩克特，"弗林特说，"他在解决类似谜案方面有出色的才能，我们有过多次合作。"

握手时，斯佩克特隔着卡罗琳的手套感受到她手心的热度——她很紧张。"幸会，"她说着，回头看了一眼画廊另一头的两个孩子，"你能来，我很感激。"

"我的荣幸，"斯佩克特说，"我听说过关于你的许多事情。当然，还有你哥哥。"

"正是为了我哥哥，"她说，"我非常担心维克多，我确定有人要伤害他。"

"因为他知道一些关于格洛丽亚·克雷恩的事？"

"我想是的。"

"关于克雷恩小姐的死，你还记得什么？"

她叹了一口气："我全都记得。这件事刻在我的记忆里，哪怕已经过去了十年。"

斯佩克特思索了一下说："埃尔斯佩思女士请我调查她丈夫近来收到的一些恐吓信，"他继续说道，"这些信可能与格洛丽亚·克雷恩的死有关，也可能无关。"

卡罗琳抿着嘴唇。

"那些信应该与你无关吧，西尔维厄斯小姐？"

斯佩克特没有把目光从她身上移开。她镇定地回答："我唯一想看到的，是他们把我哥哥从那个鬼地方放出来。折磨法官有用吗？"

"当然没用，"斯佩克特说，"可也许'没用'才是关键。"

卡罗琳用轻柔的、颤抖的声音说："一想到我可怜的哥哥在那个地方……"

"没事的，亲爱的。"斯佩克特说，但他那双淡蓝色的眼睛却有不一样的看法。

三

"你喜欢浪漫喜剧吗，奈廷格尔？"

"我看得不多，先生。"

"别担心，你现在已经身在剧中，而我是主角。我是唐吉诃德，你是桑丘。你觉得怎么样？"

"很好，先生。"奈廷格尔笑着说，眼睛看着路。他们坐在伦纳德那辆小巧的奥斯汀 7 型轿车里，奈廷格尔娴熟地把握方向盘，驾驶汽车在缓慢移动的车流中穿梭。伦纳德要去见安布罗斯，后者在索霍区有一间破败的阁楼工作室。

当汽车慢慢停稳时，这条被安布罗斯·德鲁里称为家的肮脏街道静得出奇。此时是上午 11 点，这座小小的波希米亚王国的居民要么彻夜没睡，要么还没醒。唯一展现出生机的是一家欧陆风格的小咖啡馆，店前的人行道上随意摆放着一些桌椅。有的椅子上坐了人，陈年咖啡豆的刺鼻味道吸引了伦纳德。"在外面等我。"他对奈廷格尔说，然后钻进了咖啡馆。

安布罗斯占领了进门处的一张小圆桌，在这个位置，他们可以假装自己在巴黎，而不是在十二月的伦敦。伦纳德拉出一把椅子，金属椅子腿擦着地面发出刺耳的声音。

"你想见我？"伦纳德坐在安布罗斯对面说。

安布罗斯露出了愉快的笑容："是的。我想继续讨论那天晚上说的事。"

"你没什么好担心的，"伦纳德对他说，"别动那些邪恶的小心思……"

"哦，天哪，"安布罗斯压低声音说，目光定在伦纳德身后，"是卢多。"

伦纳德抱怨道："又是你的那帮艺术家……"

安布罗斯所在的达达主义小团体由各种行为艺术家组成。通常，身穿与场合不相称的服装是他们的一部分"宣言"，比如一个大胡子男人穿着女士晚礼服出现在国王十字车站，或者一位舞者在圣保罗教堂外面的石阶上表演肚皮舞。然而，安布罗斯认为他们很有趣。实际上，他常常说，他们不像别人以为的那样不善言谈。他结交了许多画家、作曲家、演员、摄影师、作家，这些人都不是特别有天赋，其中多数人拥有不菲的遗产或者信托基金，不用依靠微薄的收入生活。他们是富人的儿女，这是他们与安布罗斯的共同点。

卢多是一个贫穷的革命者，他常在海德公园演讲角呼吁即刻处决各种杰出人士，因此被人们投以鸡蛋、蔬菜和其他东西。

他的观点很简单：俄国已经成功地证明了"共产主义模式"是可行的，同样的革命也应该且必须发生在英国，这个社会不再需要国王和王后。不过他属于温和派，不想看到王室像罗曼诺夫家族那样遭到屠杀；他完全同意将他们流放，比如流放到怀特岛。

他是一位著名的托利党政客的儿子，因此也是一个顽固的年轻人。这一点常常让他在辩论中陷入困境。他面对人群单独演讲时可以表现出最佳状态，就像在舞台上演绎哈姆雷特自白的约翰·巴里摩尔①

———————

① 美国著名戏剧和电影演员。

一样。

"卢多是一个好人，但难以避免恩将仇报。他想彻底推翻资本主义制度，可如果你的生活还依靠老父亲的接济，你就很难做到这一点。"

没等伦纳德发表意见，卢多·昆特雷尔-韦伯已经走了过来。他的穿着很得体——长外套，布帽，颜色丰富的围巾。"同志们。"他打着招呼，拉出了一把椅子。

聊了几分钟之后，伦纳德意外地发现，卢多并不像安布罗斯说的那样令人厌烦。

"父亲给我谋了一个政府部门的工作，"卢多说，"他想让我成为资产阶级的哈巴狗。"

"这并不是最坏的谋生方式。"伦纳德说。

"是吗？"这位无政府主义者没有被说服，"我是有原则的人，你必须明白这一点。我的爱和恨都有标准。我从不妥协。我宁死也不妥协，就像马雅可夫斯基一样。"

"当然，安布罗斯宁愿杀父也不妥协。"伦纳德说。

"好办法，"卢多说，"实际上，这是唯一的办法。"

"如果我想这样做，"安布罗斯冷冷地说，"我最不信任的人就是伦纳德。他的嘴太松了。"

卢多笑了起来，在大腿上卷了一支烟。"不管你做什么，"他说，"你都不能隐藏一具尸体。"接着，他从衣兜里取出一盒纸牌，问道："玩黑杰克①吗？"

"我不玩，"伦纳德说，"我坐坐就走。"

---

① 一种纸牌游戏，又叫 21 点。

"为什么不玩?"安布罗斯说,"我们赌什么?"

"你很清楚,我缺钱。"卢多说。

"好吧,那就输家受罚吧。"

当卢多发牌时,伦纳德离开了咖啡馆,他为此次拜访被打断而感到不满。他和安布罗斯还有许多事情需要讨论,但他们必须慎重考虑,进行私下商谈。毕竟,这是家务事。

当他走到路边时,他发现奥斯汀7型汽车里面空无一人。他朝街道两头张望了半天,这才看到彼得·奈廷格尔朝他飞奔而来。

"我不是让你待在车里吗?"伦纳德怒气冲冲地说道,"你知道这条街的情况。"

"很抱歉,先生,我发现了一件事,我想你可能会感兴趣。"奈廷格尔一边说,一边使了个眼色,让人难以忽视。

伦纳德想了一会儿,说道:"是吗?那你最好边开车边告诉我,我想我们已经浪费了很多时间。

回到车里,伦纳德问奈廷格尔:"怎么回事?"

"抱歉,先生。我要说的事对你也许有用。"

"说吧。"

"这件事纯属巧合,先生,我看到一个人走进了那头的哈克罗夫特酒店,"他指着街角一座破败的建筑说,"是一个我认识的人。另一个人紧随其后。"

"这两个人是谁?"

"第一个是你母亲,埃尔斯佩思女士。"

"不可能。她今天上午去哈利街看医生了。"

"不,先生,"奈廷格尔说,"她没去。"

伦纳德在座位上转过身,注视着秘书:"你在暗示什么,奈廷格尔？"

"第二个人的出现也许可以说明我的推断。"

"是吗？他是谁？"

"我不认识那位男士，先生。"

伦纳德叹了一口气。

"不过，"奈廷格尔继续说道，"为了一探究竟，我溜进了酒店前厅——当然，我是躲着他们的。我碰巧听到你母亲叫了他的名字。"

"他叫什么？"

"西尔维斯特，先生。"

伦纳德继续盯着奈廷格尔，下一刻，他突然发出了舞台男高音那令人讨厌的笑声："奈廷格尔，这是一个大发现，是的。也就是说，我母亲在和西尔维斯特那个杂种私通，你是这个意思吧？多么令人愉快的罪恶，不知我父亲发现了会怎么样。"

奈廷格尔耸耸肩："这不是我该插嘴的事，先生，不过我想还是应该告诉你。"此时，他们已经抵达最终目的地，汽车慢慢停了下来。

"你是一个不错的小侦探，不是吗？抽烟吗？"

"哦，多谢。"奈廷格尔接过香烟，凑近了一些，伦纳德帮他点了烟。在燃烧的火柴上方，二人相视一笑。

插曲 一段对话

"抽烟吗?"伦纳德问。

"不抽,"西尔维斯特·芒克顿说,"有话直说吧。"

"感谢你抽出时间,你可是一个大忙人。"和其他演员一样,伦纳德·德鲁里知道,适时的沉默是有价值的。只要运用得当,语言的缺席能造成毁灭性打击。"你和我的母亲有私情,对吧?"

西尔维斯特似乎并不吃惊。"你为什么这么想?"他懒懒地问道。

"你似乎忘了我有一双眼睛。"

又是一阵沉默。"接下去,事情会怎么发展?"西尔维斯特问,用食指摸着嘴唇上方的胡子。

"不确定。在我看来,有两个可能的结果。要么,你继续在我母亲那里享受无耻的快乐;要么,你与德鲁里家族之间似有若无的关系将被彻底斩断,你一分钱也拿不到。"

"你想怎么样?"

"你很务实,很好。我可以不揭发你的这段不正当关系,只要你给我一万英镑。如果你拒绝,我只能将事情告诉父亲。你能想象他会有多震惊,甚至可能被气死。选择权在你。"

西尔维斯特挠了挠布满胡茬的下巴:"你知道,我从没被敲诈过。我想,我需要抽支烟。"

伦纳德笑着说:"我就知道你需要。"

"一万英镑不是一个小数目，能让我彻底破产，流落街头。"

"嗯，你是一个勤奋的家伙。我相信你能找到解决办法。"

出人意料的是，西尔维斯特同样笑着说："我相信我能。实际上，我想我已经有办法了。有件事情你还不知道。我昨天晚上也在父亲家里，伦纳德，我看到了一些不该看的。"

第二部分　无辜的恶棍

1938 年 12 月 16 日—18 日

这场处决难道不是罕见的阴谋吗?

——《复仇者悲剧》,第三幕,第六场

罪犯是富于创造力的艺术家,而侦探只是评论家而已。

——G. K. 切斯特顿,《蓝十字架》

第七章　马奇班克斯

1938 年 12 月 16 日，星期五

一

斯佩克特第一眼看到的马奇班克斯笼罩在清晨冰冷的雾气中。这也许是一天之中欣赏此地的最佳时刻。它就像一片原始之地，这种宁静会随着太阳的升起而消散。

贾尔斯爵士派了一辆车，在斯佩克特位于普特尼的住所外准时接上了他。路上很顺利，给了斯佩克特充足的思考时间。

汽车开到两侧雕有滴水兽的哥特式大门外，斯佩克特打发了司机。他一只手拿着银顶手杖，另一只手拿着大帆布包，开始沿着车道步行。马奇班克斯和他想象的差不多。这是一座建于维多利亚时代的建筑，却怪异地按照詹姆斯一世时期的风格设计——都铎式穹顶，白色墙壁，黑色横梁，哥特式带卷叶装饰的屋顶，以及下方闪闪发光、带有葱头形拱顶的大窗户。地面平坦开阔，脆嫩的草叶上结着霜。

斯佩克特慢慢走近宅邸，脚下发出嘎吱嘎吱的声音。他用敏锐和挑剔的目光观察建筑正面的所有细节。贾尔斯爵士和埃尔斯佩思女士安排他先一步到达。他需要熟悉佣人的情况和环境，以便在其他人到达时发现所有异常之处。

他的左边有一个卵形湖泊，暗沉的湖面结了冰。短小的木栈桥像

一颗不完整的牙齿突入湖中，上面系着一艘划艇。斯佩克特边走边想，伦纳德和安布罗斯是否曾在这里学习游泳？年长的伦纳德是否曾闹着玩，把小安布罗斯的脑袋按进水里？

沉思中的斯佩克特突然听到一声尖叫。他转过身，继续走向宅邸，还没走到门廊，就见一个女人迎面而来。这位就是管家兰塞布尔太太，她那雕塑一般挺拔的身影会让人产生莫名的惧意。显然，发出尖叫的不是她。斯佩克特感觉她身上有一种神秘气息，仿佛她不是一个真人，而是雾气凝聚成的幻影。

"是斯佩克特先生吗？"

"正是。我似乎来得不是时候？"

"是女仆，"兰塞布尔太太解释道，"她认为她开了天眼，最近不断撞见幽灵。晨雾中的黑衣人足以使她神志不清。"管家冷漠地说。

对此，斯佩克特觉得很有趣："这么说来，马奇班克斯在闹鬼？"

"不，"兰塞布尔说，"没这回事。"她的头发梳得整整齐齐，妆容完美得不像真人。她的皮肤特别白，嘴唇特别粉，头发是发亮的铁灰色。她穿着不显年龄的黑色衣服，肃穆而平静的脸庞洁净光滑，就像芬德勒的停尸台。她真像是用建造这些墙壁的石块雕成的。

她把背脊挺得笔直，说话铿锵有力。斯佩克特想，不知她是否上过舞台，可以问一下她，或者不问。他跟随她进入前门，穿过了洞穴般的门厅。

室内有少数追随时代潮流的装饰，比如铺在楼梯上的地毯，但仍以古老的折衷主义为主导风格。墙上挂着褪色的旧油画，多彩的墙纸上绘着不常见的鸟儿，有小嘴鸦、伯劳、蜂鸟和犀鸟，还有许多斯佩克特不认识的其他鸟类。远处墙壁上最引人注目的是两把交叉的刀，安置在厚实的木制基座上。那是奥斯曼短弯刀，乌兹钢刀刃朝天扬起，刀柄上镶嵌着绿松石和翡翠。

"我想，贾尔斯爵士已经说明过我的来意吧？"斯佩克特一边说，一边小心地观察新环境。

"主人说你是来观察情况的。"

"是观察并打听。你一整年都在这里，对吗？我是说，你不会随主家一起回伦敦。"

"是的。马奇班克斯一直需要我的照管，"她说，仿佛她和这座房子之间存在某种共生关系，"我负责让这里的灯火长久不灭。"

"你知道我为什么来这里吗，兰塞布尔太太？"

她咬紧牙关，几乎不动嘴唇地说："我们最近发现有佣人行窃。一筐好苹果里出了一只烂苹果。那个人很快就被解雇了，但我依然盯着这里的情况，盯得很紧。我亲自点数餐具。"

斯佩克特完全相信她会这么做。"不，"他说，"不是为了这件事。至少不全是。告诉我，你是什么时候来这儿的，兰塞布尔太太？"

"有一段时间了，先生。"

"十年前，有一个名叫格洛丽亚·克雷恩的年轻女人死在这座宅子里，当时你在吗？"

"我明白了，"她不以为然地说，"是为了这件事。"

斯佩克特递出一支小雪茄，令他吃惊的是，她接受了。"那天晚上发生了什么？"

她抽起这种怪异的外国烟，仿佛早就抽惯了。"你的房间就在楼上，先生。"她一边说，一边引他走上宽敞、弯曲的红木楼梯。他们并排而上，女管家脚步很轻，优雅迅捷。"恐怕没什么好说的，先生。她是病死的。"

"你在那之前见过她吗？"

"从没见过，先生。那是贾尔斯爵士第一次，也是最后一次带她来马奇班克斯。"

穿过楼上走廊时，斯佩克特谨慎地上下打量了兰塞布尔太太一眼。"在她死亡当晚，你和她说过话吗？"

"隔了十年，我想不起这种事情了。"

"她是死在某间卧室里的，对吧？"此时，他们在一扇门外停下了脚步。兰塞布尔太太从袖子里取出一把长钥匙，打开门，把斯佩克特引到里面。

"准确地说，就是你现在的房间。就在那张床上，"她指着眼前的四柱床，似笑非笑地说道，"不过别担心，先生，我换了床单。"

房间似乎仍保持着十多年前的样貌，带有鲜明的维多利亚时代风格，包括酒红色的天鹅绒、流苏和东方地毯，以及立在栗色书桌上的枝形烛台。床是四柱式的，挂着与凸纹壁纸相衬的帷幔。

斯佩克特严肃地问："案发时你在这里吗？"

她直视着他，声音低缓，仿佛要对他进行催眠："我的房间在走廊尽头。我躺下不到十分钟，就听到了她的尖叫声。所有人都跑了过来，门锁上了，把门撞开的是贾尔斯爵士。当时，格洛丽亚·克雷恩小姐就在床上。"

"她说话了吗？"

"她在尖叫，先生。她捂着肚子，一边叫一边像鳝鱼一样扭动着、翻滚着。"

"天哪。"斯佩克特低声说。

"震惊吗，先生？他们说她中了毒，士的宁。非常痛苦的死法。"

"她是怎么中毒的？"

"我不知道，先生。不过我可以保证，跟厨房里烹饪的食物无关。

厨师做饭时我也在，负责上菜的也是我。”

“她是否吃了或者喝了特别的东西，其他人没碰过的？”

“没有，先生。对这种事情，我一直很注意。不过，你应该已经有答案了，不是吗？如果你不知道，你就算不上侦探。”这个女人的狡猾令斯佩克特深为不安。

“我知道报告是这么写的，但我想听真相。”

她注视着他，目不转睛。谈话陷入了僵局。“失陪了，先生，”她说，“我必须去忙了。”说完匆匆离去，留下一个让人心里发凉的背影。

这个房间的窗户正对着外面的车道。斯佩克特站在房间中央，闭上眼睛，想象格洛丽亚·克雷恩躺在四柱床上，像鳝鱼一样扭动的画面——就像兰塞布尔太太描述的那样。

他虽然是无神论者，却非常清楚，地点是有记忆的，就像人一样。格洛丽亚·克雷恩的存在是无法忽视的。她隐藏在角落里，注视着他，就像墙上的肖像画一样，视线随着他移动。他环顾四周，仿佛期待着她的现身。她是维克多·西尔维厄斯迷恋的对象。他有一种不安的感觉，她就躲在他触手可及的地方。

二

“啊，斯佩克特，”贾尔斯爵士跟下楼的魔术师打招呼，“熟悉这里的环境了吗？”法官刚脱下大衣，兰塞布尔太太在帮埃尔斯佩思女士脱帽。

“没想到，我会住进格洛丽亚·克雷恩去世的房间。”斯佩克特平静地说。

贾尔斯爵士和妻子对视了一眼，没有对此作出回应。“天气预报

67

说要下大雪，"法官说，"这下可麻烦了。我已经让兰塞布尔通知佣人们，准备好铁锹之类的东西。伦纳德后天过来，我们需要确保车道畅通。"

杰弗里·弗拉克出现在通往客厅的过道里，身后跟着安布罗斯。"老地方没有变样真是太好了。"年轻的安布罗斯说。

斯佩克特逐一端详他们的脸，想知道他们木然的眼神里究竟隐藏着什么想法。

"愿意一起喝茶吗？"法官问道。

"当然。"斯佩克特回答，随即跟着他们走进另一个房间。不同于门厅只是镶了木板的墙壁和冰冷的木地板，客厅里摆放着舒适的扶手椅和柔软的箱式凳，全都盖着带花边的垫布，桌子和柜子上摆放着花瓶、瓷器、玻璃制品和各种动物标本——主要是老鼠和睡鼠。这些动物被强加了人类的姿势和造型，穿着玩偶装。一只目光死寂的老鼠穿着蓝色水手服，头上斜扣着一顶草帽。斯佩克特看着它想，这只小动物到底做错了什么，竟然受到如此残忍的惩罚。房间里每个角落的墙壁上都装饰着蒂凡尼灯，玻璃灯罩都是绿色的。

"或者你想喝点更带劲的？这是我特别为你准备的苦艾酒。"法官指着一只齐臀高的柜子说，那上面有一个托盘，放着雕花玻璃酒瓶和酒杯。常规的琥珀色和暗红色饮品中间，露出了"绿精灵"①的光芒。

"非常感谢，"斯佩克特说，"不过，在饮酒之前，我想去外边看看。失陪了。"实际上，只要能避免，他就不会多花时间和德鲁里一家闲聊。他没等对方抗议就离开了。

斯佩克特来到寒冷的室外，走向被改成车库的外屋。他推开门之

---

① "绿精灵"是一种苦艾酒。

后首先看到的是一辆车身窄小的蓝色布加迪——安布罗斯的车，并不符合他"饥饿艺术家"的形象。

车库另一头似乎是一个杂物间，用于存放铁锹、水管、割草机、园艺工具、绳圈，墙上挂着几只装饰性马蹄铁，花盆旁边放着槌球球门——颓废主义和实用主义的奇妙组合，似乎是对整个德鲁里家族的完美写照。

斯佩克特关上门，抬头眺望马奇班克斯的外景。这个地方有很多秘密，他想。这是一个秘密之地，也是死亡之地。

三

贺拉斯·塔珀看上去很烦躁。在家里，他不再是摄影棚里那个机智、趾高气扬的人。他想不起把改写的《莎乐美》放在哪里了，正在起居室和书房之间茫然地走来走去，寻找遗失的电影剧本。他发现起居室沙发上的枕头后面露出了纸张的一角。怎么会在这里？他一边抱怨孩子们总把别人的东西藏在谁也不知道的地方，一边拿回了剧本。

就在他整理页码被打乱的剧本时，门铃响了。屋内安静下来，只有纸张的沙沙声。接着，门铃再次响起。

塔珀抱怨道："谁去开一下门？"

他听到孩子们在外面跑动的脚步声，随后是一串偷笑声。塔珀疲惫地来到已经空无一人的门厅，自己开了门。

"你来这儿干什么？"

"我给摄影棚打了电话，"伦纳德·德鲁里一边摘下帽子，一边大步走进门厅，"他们说大概能在这里找到你。"

"去起居室吧，"塔珀无可奈何地说，"喝茶吗？"

"如果你不介意，我想喝点烈的。"伦纳德看着起居室另一头的酒柜说。

"雪利行吗?"

"好极了。"伦纳德说着,坐在了扶手椅上。

塔珀取下水晶酒瓶的瓶塞,倒了两杯酒。"有什么事?"

"你觉得《塔拉里》怎么样?"

伦纳德将杯中酒一饮而尽。外面再次传来孩子们的脚步声。塔珀将一条腿架在另一条腿上,翻着手里的剧本说:"现在不是讨论《塔拉里》的时候,《莎乐美》还有好多工作要做呢。我们星期二杀青。接着,我会关闭录音棚,开始过圣诞节。也许,我们明年可以聊一聊《塔拉里》……"

这时,一个小男孩笑着闯进了房间。伦纳德瞟了幼儿一眼,准备说一些尖酸的话,但他刚张嘴就顿住了。

卡罗琳·西尔维厄斯跟着孩子跑了进来:"很抱歉,塔珀先生,我没盯住他……"

"下不为例。"塔珀头也不抬地说。

"这不是卡罗琳吗?"伦纳德说,"太巧了。"

"你们认识?"塔珀问。

"我认识她哥哥。对吧,亲爱的?"

他们说话时,男孩在房间里跑来跑去,一会儿打开柜门,一会儿打开抽屉。"西尔维厄斯小姐,"塔珀说,"请你照管好我的儿子,可以吗?"

卡罗琳回过神,一把抱住孩子。"当然,塔珀先生。很抱歉,下次不会了。"孩子突然大哭起来,她赶紧带着他向外走。尽管如此,她出去之前仍忍不住看向伦纳德,用眼神恳求他,而迎接她的是他的笑容和阴冷的目光。

四

"如果我是你，就不会作声，"伦纳德说，"如果你的雇主知道了我们的事，他一定会非常吃惊。"他几分钟前本来已经离开了塔珀家，但又从厨房门溜了回来，堵住了刚走出食品贮藏室的卡罗琳。

"你来这里到底想干什么？"她低声说，"你就不能放过我吗？"

"我来和你的雇主聊工作，"伦纳德答道，"不过，来看你也是一个不错的理由。"

"请你马上离开。"她说。

"卡罗琳，卡罗琳。你得学会懂礼貌，我的姑娘。也许我可以教一教你。还是说，我应该直接向老贺拉斯坦白。你觉得呢？"

"那你也不会有好下场。"她说。虽然这是一种空洞的威胁，但她坚定的语气使伦纳德愣住了。

他皱了皱眉。"我不太喜欢你的语气，"他说，"你似乎忘记了，现在掌控局面的是我，不是你。也不是你那个可怜的谋杀犯哥哥。"

她抬手打他，却被他抓住了手腕——俗气的戏剧里常有这样的场面，他之前和许多天真的女孩表演过。

卡罗琳迅速放弃了动手，这有些出乎他的意料。她撇了撇嘴，露出深深的厌恶。

"不要这样看着我。"伦纳德说。

她的反击还没结束："果然，有其父必有其子。"

"不。我比我父亲强多了。我对你只有一个很简单的要求。你没有必要惊慌。我只想邀你共进晚餐，仅此而已。"

"做梦，我死也不去。"

"别太草率，亲爱的。你要知道，这不只是为了你，也是为了你

71

哥哥，亲爱的维克多。"

"拜托你，"卡罗琳低声说，"别把维克多扯进来。"

"这取决于你。你的疯子哥哥曾经试图谋杀我的父亲，没错吧？你毕竟是你哥哥的妹妹。如果贺拉斯·塔珀知道你哥哥的情况，他还放心把自己的孩子交给你照顾吗？"

她低下了头。"我需要这份工作，"她说，"我需要钱。"

"你很幸运，"伦纳德说，"只要答应我的提议就能让我保持沉默。你只需要陪我吃一顿饭。"

伦纳德轻松愉快地离开了塔珀家，彼得·奈廷格尔已在驾驶座上等候多时。"奈廷格尔，在常春藤餐厅订一张今晚的二人桌，你能做到吗？"他一边上车一边说。

"当然，先生。"

"好小子。"伦纳德笑着说。

汽车行驶途中，他轻轻哼起了歌："你让我爱上你，我不想这么做……"

五

夜间，斯佩克特去见法官时，他正独自坐在书桌前。贾尔斯爵士拿着一杯酒，注视着相框中年轻时的自己。

"我有时候想，我是否罪有应得，"他说，"我是说，我不是坏人，斯佩克特，可我做的就是夺人性命的事。许多人，成百上千。当然，是间接的，但结果同样无法挽回。也许，这就是我的报应吧。"

"你相信天谴吗，贾尔斯爵士？"

"你一定觉得我傻，竟跟一个不太熟的人说这些话。我根本不认识你，不是吗？可我不得不对你坦白，斯佩克特先生，我……现在很害怕。"他呷了一口酒，"作为一个职业和死亡如此接近的人，我非常怕死。它常出现在那些被判死刑的男女眼中，总是让我害怕。死亡可恶而丑陋，却是我的盟友，是正义的工具。"

"这是看待死亡的一种方式。"斯佩克特说。他从银盒里抽出了一支纤细的黑色小雪茄。

"抽烟吗？"他问道。

"谢谢，不抽。如果你想抽，请便。"

斯佩克特点燃了小雪茄，他不会让任何人阻止他抽烟。

"告诉我，"贾尔斯爵士说，"你怎么看？谁在幕后？谁是主谋？"

"凭我长期接触谜题的经验，"斯佩克特回答，"我可以如实告诉你一件事，先生：一个人惧怕死亡是有原因的。"

"这是什么意思？"

"意思是，我认为你隐瞒了一些事情。"

"关于格洛丽亚·克雷恩吗？该死的，你这个家伙，我已经解释过了……"

"是的，"斯佩克特打断了他，"你解释过了。"

接下来的沉默令人坐立不安。最终，贾尔斯爵士开口了："我的家人都恨我，斯佩克特，所有人。就算我不想承认也没有办法。我前几天去见了律师。我没有保密，孩子们都心知肚明，我当时打算剥夺他们的继承权。"

斯佩克特挑起半边眉毛，说："听起来很激进。"

贾尔斯爵士按压着额头，显然是在和偏头痛作斗争。"他们是白眼狼，斯佩克特，我养了一窝白眼狼。他们恨我，天哪，我有时也恨他们。幸好我的律师——那个姓斯特拉瑟斯的小伙子——劝我改了主意。"

"根据你现在的遗嘱，谁会受益?"

"财产——我名下的一切——都归伦纳德。其他人各有份额，但伦纳德受益最大。"

一时间，房间里只有炉火燃烧的噼啪声。"依你看，是否有可能是你的某个儿子写的恐吓信，开的枪?"

"我不知道应该怎么看，"法官不耐烦地说，他站起身，开始在壁炉前踱步，"所以才希望你查清楚。"

斯佩克特点了点头，继续抽烟。

第八章　湖上有人

1938 年 12 月 17 日，星期六

一

夜里下雪了。破晓时，大地白茫茫一片。天空已经放晴，积雪纯洁无瑕，约有一英尺①厚。斯佩克特站在卧室的窗边欣赏雪景，不禁觉得这是某人为一场悲剧布好的背景。

悲剧很快就拉开了序幕。最先发现的是法官。斯佩克特看见他时，他正站在楼梯间的窗户前，俯视着通往大门的长长的车道。

"斯佩克特先生，"他指着远处说，"湖上有人。"

莹白的卵形湖面如珍珠般光滑，只是湖心多了一点瑕疵。那艘破旧的木头划艇一定是在夜间漂离了栈桥。然而，事情没有这么简单。西尔维斯特·芒克顿仰面躺在弯曲的船身里，双眼无神地望着天空。他对于这样异常的处境毫不在意，这显然是因为他的胸口插着一把刀。

恐怖新闻很快传遍了宅邸。芒克顿死了，在夜间遭到刺杀。他怎么会来这里？是谁邀请了他？

一个一个电话打了出去。马奇班克斯再次迎来了警车和身穿制服的警察。附近的本赫斯特也有警察局，但约瑟夫·斯佩克特还是拨通

① 一英尺约三十厘米。

了乔治·弗林特的电话。这位苏格兰场的探长甚至还没来得及吃早餐，就带着一队调查员从伦敦赶了过来。

"我想不通这是怎么发生的。"弗林特一边说着，一边使劲嚼着烟斗。

约瑟夫·斯佩克特像一抹邪恶的影子，立在纯白的雪地中间，看着湖面。几名警员正在用力将划艇拉回岸边，冰块嘎吱作响，湖面像镜子一样裂开了。

当船靠近岸边时，斯佩克特看清了尸体奇怪的姿势。他平躺着，双腿弯曲，双臂张开与身体组成 T 字形，指关节擦过冰面，胡子上结了霜。

芬德勒医生刚动手检查尸体就说："不出所料，硬得像石头。"

弗林特和斯佩克特也缓步走过去，近距离观察死者。

"能确定死亡时间吗？"弗林特问。

"应该很容易。显然，他死于湖水结冰之前，然后才被放在船上，否则船不会漂离栈桥。水面硬到小船无法漂移的时间很容易确定。我们由此便知凶手作案的截止时间。"

"凶手应该不会扛着他走上冰面，再扔到船上吧？"弗林特思索着说。

"不可能。他们会直接掉进水里。湖面虽然结冰了，但并不能承受两个成年人的体重。"

"这场谋杀很特别，"斯佩克特说，"如果凶手扛着芒克顿走上冰面，重压之下冰面会崩裂，让他们掉进水里。他也不可能在不破坏冰面的情况下把船划到湖心。这引出了一个问题：为什么？"

"什么为什么？"弗林特问道。

"为什么要在这里杀死他，还让尸体被发现？"

"一定有原因，"弗林特气恼地说，"总是有原因的。"

斯佩克特露出微笑。弗林特说得没错，总是有原因的。

"这么说来，"弗林特继续说，"芒克顿是在晚上早些时候被害的。否则，上冻的湖面就会出现破损的痕迹。"

"这是一种假设，"斯佩克特说，淡蓝色的眼睛扫视着现场，"但不是唯一假设。"

"还有什么假设？如果他是晚些时候被害的，凶手根本无法把尸体移到那里。"

斯佩克特布满皱纹的脸上闪过一丝笑意："是啊，看上去的确如此。也就是说，凶手要么是在午夜前杀害了芒克顿，把尸体丢上船，把船推离栈桥，使船最终停留在结冰的湖心；要么是在午夜后杀害了芒克顿，再以某种方式抛尸于冰面中心。这两种假设都不太有说服力，但一定有一个是真相。"

芬德勒又去检查那把刀。他把刀从死者胸口拔了出来（戴手套的双手齐上，费了一些力气才做到），带着奇怪的自豪感向调查人员展示，仿佛他刚刚抓到了一条能获奖的大鱼。

这是马奇班克斯厨房里的一把牛排刀。这一点很快得到了证实，因为厨房靠墙的木刀架上空了一个刀槽。不过，昨天晚上并没有人注意到这把刀不见了。

"兰塞布尔太太告诉我，由于最近的失窃，她每天晚上都会清点餐具，"斯佩克特评论道，"不过，她没有提到牛排刀不见了。如果她昨天晚上没有偷懒的话，这似乎意味着刀子是在她就寝之后被人拿走的。"

"芬德勒，"弗林特说，"关于这把刀，你能提供什么信息吗？"

"当然，"芬德勒忿忿不平地说，仿佛他的业务水平受到了质疑，"我可以告诉你们，使用它的是一个男人，而且是一个强壮的男人。虽然刀子是在肋骨之间插进去的，但胸部似乎一刀就被刺穿了。"

斯佩克特扬起了眉毛："这种分析似乎缺乏科学性，芬德勒。实际上，这种思路太过时了。"

"是吗？"病理学家愤怒地回应道，"那么，能否让我们聆听一下您的专业见解？"

"好吧，"斯佩克特一边微笑着俯视尸体，一边说道，"我认为，他是在湖泊北岸遇刺的，靠着悬铃木倒了下去。他的上衣背部似乎有树皮的痕迹。如果你们检查树干，我猜你们会发现干掉的血迹。

考虑到这一点，我认为，他是从那边的树林过来的，在那棵悬铃木的树下遇到了凶手。"

他们检查了那棵树，发现了干掉的血迹，芬德勒显然对此很懊恼。他们彻底搜查了树林。正如斯佩克特所料，他们在树阴下的空地上发现了一辆被冻住的汽车。这是一辆不常见的、外形结实的莫里斯牌汽车。他们打电话查了车牌，得知名叫西尔维斯特·芒克顿的人最近租用了这辆车。

……

"那么，我们发现了什么？"弗林特说，"一具不知从哪儿来的尸体，胸口插着一把刀。"

"没错，"斯佩克特说，"接下来就是不在场证明的问题了。"

二

宅邸里的所有人依次接受了警察的询问。斯佩克特暗自窃喜，问题的本质已经显现了：在午夜之前，每个人都至少能找到一个人来证明自己不在场。兰塞布尔太太一直在厨房里盯着贝基（厨师阿尔玛早已回家），她俩午夜时已入睡，贝基也看到了兰塞布尔太太清点了餐具，没有任何不妥。

杰弗里·弗拉克和安布罗斯去了附近的本赫斯特镇，在老公羊酒馆喝得酩酊大醉，宿醉让他们语无伦次，几乎不记得昨天晚上的事情；在本赫斯特调查的结果表明，直到午夜，杰弗里才扶着烂醉如泥的安布罗斯离开酒馆，冒雪回家。

气象报告显示，昨晚气温骤降，因此湖泊外缘到午夜时应该已经结了一层薄冰。凶手在犯案时几乎一定会破坏冰面，留下明显的痕迹，但他们在次日上午并没有看到这种痕迹。所以他们猜测，谋杀发生在午夜之前。

贾尔斯爵士和德鲁里女士整个晚上都在一起，斯佩克特本人可以证明，他们很早就上床睡觉了。尽管如此，他还是主张对这两个人单独进行询问。

贾尔斯爵士似乎并不急于协助调查，私生子的死早就在他的预料之中。尽管如此，他还是告诉警察，前一天晚上大约八点半，他和妻子在湖边漫步。

"为什么？"弗林特探长问道。

"你说什么？"

"我说，为什么？外面很冷。你们为什么要在这样的晚上出门散步？"

感到被冒犯的贾尔斯爵士急忙回答："这是我妻子的休养治疗方式。每天晚上睡觉前绕湖走一圈。她患有失眠症，这种疗法能让她感到疲倦。"

"不管天气如何？"

"不管天气如何。"

"我知道了，谢谢，"弗林特一边说，一边用他那套让人头疼的速记潦草地记下来，"那你每天晚上都陪着她吗？"

"不是每天，是大多数晚上。对女人有好处的事情，对男人也有好处。"

弗林特选择暂时跳过这个问题："你们是否注意到湖面的情况？"

"我们都看到了湖心的小船。实际上，我妻子还发出感慨，说小船看上去孤零零的，很凄凉。锂疗法很有效，却也让她变得多愁善感。"

"是啊，"斯佩克特接话说，"当时湖水还没结冰，你们都没看见芒克顿先生躺在船里？"

"当然没有！你当我们是傻子吗？他当时不在船上，否则我们一定会看见。"

"那么，你们是什么时候回屋的？"

"九点半左右。"

"很好。"

这有助于缩短谋杀发生的时间段。前一天晚上九点三十分左右，小船最后一次被人看到，当时船上无人。芒克顿不可能在午夜之后被害，因为那时湖面已经完全结冰。

然而，凶器却在此出现了矛盾。那把刀在午夜之前一直放在厨房的刀架上——这一点兰塞布尔太太和贝基都能证明。可午夜过后，尸体又不可能在不破坏冰层的情况下被扔到船上。"是你邀请芒克顿先生来马奇班克斯的吗？"弗林特问。

"不，"贾尔斯爵士果断否认，"我没有。"

"那他怎么会出现在这里？"

"我只知道，我没有邀请他。"

"你没准备在天黑之后和他碰面，也没做过类似的约定吧？"

"我为什么要做这种事？"法官气得脸通红，似乎准备理论一番。斯佩克特不想听他演讲，离开了房间，没有理会弗林特求助的目光。

宅邸里飘荡着死亡的气息。斯佩克特默默穿过一楼走廊，听着各处的地板在警察走动时发出呻吟，被油画上一双双无神的眼睛注视着。他想，女仆贝基也许是对的，马奇班克斯就是一座闹鬼的宅子。

埃尔斯佩思女士坐在露台的石凳上，看着调查人员把湖围起来，瘦削的肩膀上披着某种动物的皮毛。她注视着这些把园子搞得一团糟的人，似乎忘记了寒冷。

斯佩克特径自坐在她身旁。当他开口时，她的目光也没有移动。

"你上次见西尔维斯特·芒克顿是什么时候？"

"我想是在……八月。"她回答，语气干脆。

"是吗？之后没再见过他？"

"是的。"

"你上次见他是什么情形？"

"我不记得了。"

斯佩克特点燃一支小雪茄。"我认为你在说谎。实际上，我认为你上次见他的时间比八月晚得多。你和他是恋人关系，我没说错吧？"

她恶狠狠地瞪着他："你以为你是谁？"

"一名卑微的魔术师，仅此而已。你需要知道，之前去你家做客时，我撞见了西尔维斯特·芒克顿，他当时刚从侧门溜进去。他自称要去找他父亲借钱，却根本没有进他父亲的书房。而你那天早早就去休息了，不是吗？你们有重要的事情要商量，对吧？一定是，所以他才冒那样的风险，考虑到我也在那里，风险就更大了。我想，他就是去见你的。"

她恢复了尊贵的神态，如猫一般优雅地弯着背，说道："我想请你保密，不要对我丈夫说一个字。"

斯佩克特点头："如你所愿。不过你必须明白，埃尔斯佩思女士，欺骗我是很不明智的。你知道，我总能找到真相。"

她没有对此作出回应，而是开始用一种低沉的、平稳的语调说话，仿佛声音正在自发地从她的嘴里跑出来。斯佩克特见过招摇撞骗的通灵者用类似语气说话，但她不是在演戏。斯佩克特年轻时游历广阔天地，曾经遇到一个海地的波哥，也就是习得"巫毒魔法"的人。那个波哥能让人陷入最深的催眠状态，据说还能让死人复活。埃尔斯佩思女士此时说话的样子，就像被催眠的人，就像被复活的尸体。

"计划变了，"她说，"本来昨天应该只有我们两个人在马奇班克斯，儿子们圣诞节当天才来。可是，由于杰弗里的轻率……我便和西尔维斯特约定在一点钟见面。我在贾尔斯的药酒里加了安眠药，他很快就睡着了。房子里一点声音也没有。我穿上衣服，去了见面地点。"

"在哪儿？"

"南边草坪上厄洛斯雕像的位置。"

"所以，你根本没有经过湖边。"

"怎么会经过呢？我们在房子的另一边见面。"

"为什么在如此不合适的情况下见面？这应该不是一场幽会吧？"

"你说对了，"她说，"但不是幽会。我们要商量一件事。"

"他的穿着打扮有什么特点？"

"他裹着围巾，捂得很严实。你知道，当时很冷。"

"说话的声音和语气呢？"

埃尔斯佩思疑惑地看着斯佩克特："像他本人，和我跟他通电话时听到的一样。"

"你没想过他可能不是西尔维斯特？"

她似乎难以接受这个假设。"一定是西尔维斯特，"她说，"他是唯一知道我们当晚要见面的人。"可在说服斯佩克特的同时，她似乎也在努力说服自己。

"他说了什么？他用了哪些表述？"

"他……他叫了我的另一个名字……那个名字，只有他和我知道。只有他会那样叫我……"她似乎突然受到了某种情绪的冲击。虽然没有哭，实际上，她的面部甚至没有一丝变化，但是她的眼睛睁大了并且逐渐失去神采。斯佩克特为她感到难过，但并不完全是难过。

"你们谈了什么？"

"即使是在死亡面前，有些事情也必须保密，斯佩克特先生。"

斯佩克特站起身，信步走到露台边缘。他没有看她，说道："你和他在密谋着什么，对吧？"她没有回答，他继续说，"这才是他三天前去你家的真正原因。他说是去向父亲讨钱，实际上是去见你。你假装头疼，让人以为你去睡觉了，却用楼上的分机给他打了电话。你告诉他，你们的三个儿子将在马奇班克斯过圣诞，这件事可能值得他露一面。你和他是犯罪同伙。西尔维斯特很清楚，贾尔斯爵士已经剥夺了他的继承权。不过，他没有剥夺你的继承权。你答应把遗产分给西尔维斯特，条件是他帮你除掉讨厌的丈夫。"

埃尔斯佩思站了起来："这是可怕的、无理的指控……"

"你雇用我的原因，就是让我成为独立证人，不是吗？"斯佩克特不为所动，"你以调查恐吓信为借口，邀请我来到这里。这样你就能摆脱嫌疑。事成之后，你甚至可能道出对西尔维斯特的'怀疑'。一旦他被当成嫌疑人，你就会提供对他不利的证词。当然，大家会相信你。这样一来，西尔维斯特·芒克顿会被处以绞刑，你则得到所有遗产……"

"够了！"埃尔斯佩思女士厉声说，"都是毫无根据的猜测。事实是，没有人伤害贾尔斯，而西尔维斯特却死了……"

"的确。这是我还没有把'毫无根据的猜测'报告给弗林特探长的唯一原因。埃尔斯佩思女士，我必须再问你一件事，它可能是整场混乱的关键所在。你是否毒死了格洛丽亚·克雷恩?"

事实证明，埃尔斯佩思女士已经处于忍耐的极限。她沉默着起身，径自回到室内。

斯佩克特只是站在原地，目送她离开。

三

斯佩克特慢悠悠、若有所思地绕着马奇班克斯又走了一圈，在车库前停下来。此时，车库门大敞着，弗林特的部下正在里面进行彻底搜查。斯佩克特走了过去。

弗林特与贾尔斯爵士的谈话比预期的更激烈，结束后，他立刻来到户外透气。"你到哪儿去了?"他问斯佩克特。

"四处转悠。"

魔术师走向工作台，扫了一眼堆放在那里的户外用品。自然，它们被人移动过。奇怪的是，似乎少了几样东西。这里之前不是有一卷绳子吗? 一个小东西吸引了他的目光。他把它拿起来，对着光看了看。"请问，"他叫住一名警员，"这是从哪儿来的?"

弗林特走过来，瞪着那个东西，仿佛在看一只刚刚咬了他的小动物。那是一个板球，与普通板球的区别在于，它的中心穿了一个洞，直径大约三分之二英寸①。

"跟我没关系。"

"这个洞似乎是在工作台上钻的。"

_____

① 一英寸为 2.54 厘米。

"一定是一个小钻头。"弗林特指出。

"没错。"斯佩克特说着，把球放进了衣兜。他拉出工作台下面的抽屉，里面有一对钻头，直径分别是一英寸和三分之二英寸。"应该是这个。"

不管这只板球是否重要，它都是一个有趣的东西，而斯佩克特喜欢收集有趣的物品。

"你觉得这能说明什么?"弗林特问道。

"没什么，"斯佩克特回答，"但我想，这才是关键。"

"我在本赫斯特订了房间，"弗林特换了话题，"在那家老公羊酒馆。"

"很明智，"斯佩克特说，"我有一种感觉，这不会是这里发生的最后一起命案。显然，贾尔斯爵士不会让警察住在家里。我想，他会觉得那样是不文明的。"

"有意思，"弗林特说，"我认为谋杀更不文明。"

两个人开始散步。身穿制服的警察们正在细致入微地检查结冰的草皮，寻找凶手留下的痕迹。斯佩克特知道，他们不会有发现。果然，他们一无所获。

此时起了风，寒意袭来，弗林特起了一层鸡皮疙瘩。"伦纳德是什么情况?"他问。

"我想，贾尔斯爵士今天下午给他打了电话，通报了消息。"

"可恶，"苏格兰场的探长说，"这么一来，那家伙便有充足的时间编造不在场证明。"

斯佩克特停下脚步。"这么说，你认为是他干的?"

"我想不出还有谁，"弗林特说，"其他人都有午夜前的不在场证明。若说芒克顿是在湖面结冰之后被害的，那凶手如何用小船把尸体转移到湖里？"

"是啊，"斯佩克特说，"你甚至可以说这是不可能的。"

这话使弗林特再次打了个冷战："其他人都有不在场证明。尸体被发现时，冰面没有一丝缝隙，是完整的。如果不是伦纳德，就没有希望破案了。没有其他可能的答案。"

"我反倒认为，这是凶手希望我们得出的结论。"斯佩克特说。他想到了祭祀，想到了回纹石筑成的古老祭坛，带有一种仪式感；他也想到了巴格代拉桌球戏，似乎看见了球台上的小木桩被接连撞倒。"当然，他错了。你也错了，弗林特。答案是存在的。"

他们进了屋，走向法官的书房，弗林特已将那里用作临时行动基地。在继续讨论案情之前，弗林特拿起电话，与他在苏格兰场的办公室取得联系。斯佩克特就在旁边，听着他谨慎地与胡克警官通话。

接着，他听到了一点动静——有人在走廊里偷听。

斯佩克特和弗林特对视一眼，竖起食指，示意他不要出声。然后，他走到房间另一边，动作极为敏捷，完全不符合他的年龄——就像蜘蛛一样。他猛地拉开门，发现管家站在门外。

"兰塞布尔太太，"他说，"你来得正好，弗林特探长和我都想喝一杯可口的苦艾酒。"

虽然兰塞布尔太太以这种有失体面的方式被发现，但她一点也不感到难为情，只是说："好的，先生。"然后就走开了。

斯佩克特重新落座，弗林特也放下了电话。"坏消息。"他说。

"让我猜猜，"魔术师说，"伦纳德·德鲁里在午夜前有完美的不在场证明？"

弗林特点头："常春藤餐厅！偏偏是常春藤餐厅，最惹眼的地方。胡克问了餐厅经理还有其他人，证实午夜前伦纳德一直待在常春藤。"

敲门声响起，兰塞布尔太太默默走进房间。她端来两杯雪利酒，而不是苦艾酒。斯佩克特欣然接过酒杯，愉快地品尝起来。弗林特仍然想着刚才得知的信息，几乎没有注意到管家的存在。

在她离开以后，斯佩克特说："为了把所有碎片拼起来，"他说，"我们需要整理出可靠的时间表。凶手正是在时间上玩把戏。凶手要么是在午夜前杀害西尔维斯特·芒克顿，将他的尸体放到船上，让船漂到湖心，冻在那里；要么是在午夜后杀害他，用未知手段将他的尸体转移到结冰的湖上。如果顺着前一种理论往下推，那么埃尔斯佩思女士在厄洛斯雕像下见到的人就不是芒克顿，而是冒充他的人。我们需要查明，这个冒牌货如何得知只有埃尔斯佩思和西尔维斯特才知道的'秘密称呼'。我们还需要查明，谁有机会谋杀西尔维斯特，因为在午夜前，所有嫌疑人都有比较可靠的不在场证明。弗林特，我们要这样看：在午夜前，凶手有杀人的方法，但是没有下手的机会；在午夜后，凶手有机会，但是没有方法。这是一个难题，不是吗？"

弗林特同意，但他不想承认。

"再来说说湖。"斯佩克特说。

"湖怎么了？"

"湖面的直径约为 100 英尺，湖水深约 50 英尺，湖的周长约为 315 英尺。在我看来，那条船有 6 英尺长。你不可能确定船的精确位置，但我觉得它差不多位于水面正中。这意味着船——也就是尸体——周围 30 英尺全是冰面。栈桥长 10 英尺，即使站在桥头，凶手也需要把尸体抛出大约 20 英尺。我觉得这不可能，你说呢？"

弗林特能想到的方法往好了说是不切实际，往坏了说就是滑稽可笑。最不奇怪的方法是使用抛石机。可斯佩克特是对的——尽管他不想承认——这些嫌疑人在午夜前都没有机会犯案。这是一起不可能犯罪。

第九章　错误的房间

1938 年 12 月 18 日，星期日

一

晚上下了很大的雪。调查人员撤退后，大家早早地休息了，斯佩克特则一直熬到睡意袭来才躺下。此刻，在窗外纯白光芒的映照下，他在那张发生过不幸的床上醒来。天空放晴了。今天会是一个美丽的冬日，地面柔软，阳光和煦。

透过窗玻璃，斯佩克特看到一辆奥斯汀 7 型轿车沿着被雪覆盖的车道驶来，最后停在宅邸外面。司机是一个生面孔，尖下巴、金色短发。乘客是伦纳德，这位演员搓着戴手套的双手，走向了前门。

斯佩克特下楼时，看到德鲁里夫妇正与伦纳德拥抱，毕竟是最受他们喜爱的儿子。他没有看见安布罗斯和杰弗里。金发司机提着包裹站在一旁。

"不管怎样，平安到达。"伦纳德说道。

"哦，亲爱的，"埃尔斯佩思女士说，"谢天谢地，你来了，这里刚发生一件可怕的事情。"

伦纳德没有接话，而是说："我想，能为我的下属奈廷格尔安排一个房间吧？"

"房间有的是。"贾尔斯爵士向他保证。

"你最好准备准备，"埃尔斯佩思女士说，"我们半小时后去教堂。"

"教堂！"伦纳德叹了口气，"我都忘了还有这些乡村活动了。我不能不去，是吗？考虑到……你知道，刚发生的事。"

"当然，"他的母亲说，"牧师和其他人期待着见你呢。"

伦纳德刚想再次抗议，他的父亲说："我们应该向社区展现团结的一面。现在，他们当然已经知道了这里昨天发生的事，已经准备好散播谣言。如果我们躲在这里，只会助长他们的气焰。"

"好吧，必须去。我最好换一身整洁的套装。"

埃尔斯佩思女士打量他一眼说："是的，最好换一身。"

兰塞布尔太太带着一个年轻女仆出现，女仆手里拎着一只沉重的手提箱，上面写着字母 L 和 D。

"小姐，我来拿吧。"奈廷格尔说。

"不用，"伦纳德说，"你去把奥斯汀停进车库，它在雪地里太受罪了。"

"好的，先生。"

司机、女仆和兰塞布尔太太分头离开，留下斯佩克特与贾尔斯爵士夫妇。"早上好，斯佩克特，"贾尔斯爵士很正式地说，"希望你能和我们一起去村里的教堂。"

"乐意奉陪，"斯佩克特说，"我一会儿就来。"

他追着奈廷格尔出了前门，到车库时，奈廷格尔刚把奥斯汀停好。

奈廷格尔一下车就看见了迎面走来的斯佩克特。

"你是伦纳德·德鲁里请的杂役？"

奈廷格尔礼貌地微笑道："是这么回事，先生。我被聘为私人秘书，似乎同时也是仆从、司机和勤杂工。我是彼得·奈廷格尔。"

他们握了手。奈廷格尔的手是温热的，让人觉得很舒适。

"你跟着德鲁里先生的时间长吗？"

"一点也不长，先生，不到一个星期。我月初才回到英国。"

"是吗？"

"在这之前，"奈廷格尔解释道，"我的雇主是探险家拜伦·曼德比。不久之前，我还在他的爪哇帆船'舍施尔弯刀'号上，跟着他在尤朗加河上航行。"

斯佩克特曾经也是旅行者，尽管走得没有那么远。他说："是流经多个未开发地区的尤朗加河吗？"

"是的，先生。"奈廷格尔一边说，一边关上车库门，往宅邸走去。斯佩克特也迈开大步，紧跟着年轻人。

"那一定很危险。据我所知，拜伦·曼德比不止一次命悬一线。我看过他那本写南极探险的书，我记得，书名叫《冬天的恶魔》。"

"我很荣幸能在尤朗加河之旅中做他的'得力助手'。遗憾的是，他感染了疟疾，不得不中止旅行。"

斯佩克特靠近奈廷格尔，悄声说道："我很好奇，伦纳德·德鲁里作为雇主，与拜伦·曼德比相比如何？"

奈廷格尔笑了笑。"老实说，先生，"他说，"我可以告诉你一点：虽然曼德比有许多优点，但他不理解金钱的价值。在进英国军营之前，我做过私人秘书，所以就想干回老本行。我回到之前的经纪公司，受到了他们的热情欢迎。"

斯佩克特停下脚步，把手放在奈廷格尔的手臂上。"彼得，"他说，"你知道前天晚上有个男人在这里被谋杀了吗？"

奈廷格尔叹了一口气："知道，先生。德鲁里先生昨天接到了他父亲的电话，之后把事情告诉了我。"

"被害者名叫西尔维斯特·芒克顿。你认识他吗?"

"不认识，先生。"

"伦纳德是否向你提起过他?"

"没有，先生。"

"我知道了。现在，彼得，我要坦白地告诉你，你我虽然都是局外人，但我正在调查西尔维斯特·芒克顿之死。所以，我必须问你:前天晚上你在哪里?"

听到这个问题，奈廷格尔似乎并没有生气。"你想要我的不在场证明吗，先生? 我开车带德鲁里先生去了常春藤餐厅，他在八点钟有个饭局。"

"之后呢?"

"我去了新月酒吧。那里的肉饼很好吃，所以我去那里吃了晚饭。"

"一个人吗?"

"那里的常客和老板都认识我。我刚回英国时，在那里住了一段时间。"

"知道了。然后呢?"

"我在那里聊了一会儿天，打了几局扑克。午夜刚过，我就又回到常春藤餐厅去接德鲁里先生。"

他为伦纳德制造了明显的不在场证明，斯佩克特想。"谢谢你。我不想太啰嗦，但我还是要问一句:在为伦纳德·德鲁里工作期间，你是否注意到任何不同寻常的事情?"

"你指的是什么，先生?"

"任何事情，"斯佩克特说，"什么都行，你想到了什么?"

奈廷格尔摇了摇头，说道，"如果你认为这里有危险，请直说，先生。如果一个人曾沿着尤朗加河从东非大裂谷旅行到河流的大西洋入海口，那么一场乡下的家庭聚会对他来说一点也不可怕，不管是否发生谋杀。"

"我听说，尤朗加河具有……迷惑性，"斯佩克特评论道。

"哦，是的。那些沼泽、水道和支流很容易让人迷路。"

"那么，你知道怎样识破发生在眼前的骗术喽，"斯佩克特笑道。

"那条河具有迷惑性，但也很热闹，"奈廷格尔继续说道。"有很多友好的生灵，包括人和动物。有红羚羊，凤头麦鸡，红疣猴。不过，你要当心河马。"

"我想它们很危险，"斯佩克特附和道。"它们很愿意把人弄死，还以此为乐，是吧？"

"野蛮的畜牲，"奈廷格尔笑道。"幸运的是，恩丹巴的鱼叉手把它们驱离了我们的路线。"

"你和当地人的关系很好？"

奈廷格尔点了点头。"曼德比生病时，我们把他抬到马亨盖的方济各修道院。他们帮助他度过了危险期。"

"马亨盖，"斯佩克特若有所思地重复道。"在冯·哈塞尔的咖啡种植园附近？"

奈廷格尔笑了。"你明知故问，不是吗，斯佩克特先生？大多数人对于那里的了解来自 C. S. 福里斯特，来自《非洲女王号》之类作品。也许你亲自去过那里？"

斯佩克特故作谦虚。"我对这种细节记性比较好。"

"这种事情在你的工作中一定很有用。"

"哦，非常重要。"斯佩克特没有再说什么。他在等待。

奈廷格尔似乎不知道接下来应该说什么。他摸出香烟盒，把一支烟塞到嘴里。斯佩克特微笑着替他点烟，然后给自己点了一支小雪茄。

两个人平静地抽着烟，望着被雪覆盖的草坪。"你听说过格洛丽亚·克雷恩吗？"

奈廷格尔依然注视着前方。"没听说过。"

斯佩克特斜睽了他一眼。"奇怪，她在几年前很有名。"

奈廷格尔轻轻叹气，吐出一个烟团。"我想我该走了，先生。我似乎已经说得过多了。"他微微鞠了一躬，回到屋里。

斯佩克特深吸一口早晨清新的空气，掐灭小雪茄，再次迈开脚步。他迅速绕着房子走了一圈，查看每一面外墙。当他经过舞厅的落地窗时，他看到安布罗斯在专注地作画。魔术师只稍作停顿就走开了，嘎吱嘎吱地踩着新雪，留下一串带灰影的脚印。

草坪中间，呆板的石基上立着一座与环境不太搭的雕像。斯佩克特昨天就看见了，只是现在才第一次近距离观察——厄洛斯，希腊神话中的情欲之神。他手持标志性弓箭，背上有一对漂亮的翅膀。然而，他的表情异常惊愕，光滑的眼珠没有瞳孔，带着毫不掩饰的敌意，盯着下方的斯佩克特。西尔维斯特和埃尔斯佩思女士曾于夜幕之下在此处见面。斯佩克特环顾四周，想象当晚这里被大雾笼罩的情景。他过去见识过各种"身份骗局"。埃尔斯佩思女士真能认出和她说话的人吗？她能确定对方就是西尔维斯特·芒克顿吗？

他绕道往前门走，从主卧窗户下面经过时，意外地发现窗是开着的。他认出了埃尔斯佩思女士的身影，还有她那多年前曾一度轰动剧院的独特嗓音。

"拜托，兰塞布尔，你瞎了吗？我说的是翡翠胸针……"

斯佩克特没有停下来听管家含糊不清的道歉。

他一进门就闻到了熟悉的烟味。循着气味，他找到了一张精美的小桌子，桌上有一个烟灰缸，里面有一个烧毁的信封。

看着烟灰缸底部卷曲的信纸，斯佩克特起初以为那是另一封传说中的恐吓信。不过，将信纸拿出来后，他看到了纸上的公司名称，部分文字仍然清晰可辨：……珀制……。

斯佩克特想，应该是"塔珀制片"，《塔拉里》的电影制片公司。因为信的内容已经无法读出，所以他让信继续燃烧，就像他发现时那样。

他走进了舞厅，这里也是安布罗斯的画室。虽然深处其中仍能感觉到旧时的豪华，但是如今厅里的陈设只剩下沿墙堆放的画布和中央的画架。安布罗斯正拿着画笔用力拍打他的新作，拍出了一块浓烈的色彩。

"早上好，安布罗斯。"斯佩克特说。

"啊，早上好。"安布罗斯头也不抬地回应。他穿着工作服，衣服上有斑斑点点的颜料，戴着一顶滑稽的贝雷帽。"我一分钟前看见你在窗外走过。你要和他们一起去教堂，对吧？我恐怕是个不太虔诚的人，就留在这里陪兰塞布尔吧。"

"我一直想问你关于格洛丽亚·克雷恩的事情。"斯佩克特说。

听到这个名字，安布罗斯用愉悦的、怀旧的目光看了他一眼。"在十年前的那个晚上，我根本没有见到格洛丽亚，"他说，"你知道，出事时已经过了我的睡觉时间，我当时只有九岁。我也不能和他们一起吃晚餐，而是跟着兰塞布尔太太待在厨房里。幸运的是，我能看到厨师准备盛宴。"他出神地笑了："总之，在她去世的那天晚上，我没有见过她。"

"你听到尖叫了吗?"

他点了点头。"她的房间平时都锁着，没有人进去过。你很荣幸，斯佩克特。"

"是谁杀了她，安布罗斯？这么多年过去，你一定有自己的想法。"

安布罗斯孩子气地说："不管是谁，反正不是我。我都不认识她。不过，老妈不喜欢她。她觉得格洛丽亚对老爸有想法。她错了，如果说格洛丽亚·克雷恩真想追求谁，那个人应该是伦纳德。伦纳德爱她，或者说自以为爱她。他当时正处于敏感的年纪。"

斯佩克特估算了一下，伦纳德当时十九岁，和安布罗斯现在的年纪一样，比格洛丽亚小一岁。

安布罗斯指了指油画："你喜欢吗？这是我哥哥的肖像。你看像不像？虽然我才刚开始画，但是快的话今天就能完成。画完就挂起来！"

斯佩克特端详油画。确实画完就可以挂起来，颜料本身看起来已经凝结成块。不管别人怎么命名这幅作品，它都与斯佩克特见过的其他肖像画完全不同。

"我捕捉了他的贪婪，你不觉得吗？伦纳德什么都要占有，"安布罗斯说，"他为此惹过麻烦。曾有一个女孩……不管怎样，他非常嫉妒我。这是我想出演《塔拉里》的唯一原因。我对电影没兴趣，我从未真正想过演戏，我一点都不在乎。我只是想向伦纳德证明我能赢他，仅此而已。是不是很可怜？"

可怜，说得没错。现在，这幅油画和那封烧掉的信都有了意义。他说："我想，你失去了那个角色。"

"我这么容易被看穿吗？是的，我早上收到了贺拉斯·塔珀的信。他让秘书用打字机给我回信，连打电话通知我的勇气都没有。所以说，伦纳德再次如愿以偿。"安布罗斯咧嘴一笑，然而这种笑是忧郁的，斯佩克特在杰弗里·弗拉克脸上也看到过。"那个女仆贝基……她认为她能看到鬼。她说格洛丽亚·克雷恩还在这里，从没离开过马奇班克斯。你相信有鬼吗，斯佩克特先生?"

"我唯一在意的鬼，"魔术师说，"住在我们的脑子里。"

"我明白你的意思。可是，我每次穿过走廊时都会回头看。这里的确有什么东西，斯佩克特先生，请相信我。"

斯佩克特站在画室中央，板着脸。"我想……"他终于说，"如果你知道什么，你应该告诉我。"

安布罗斯·德鲁里回头看着他，似乎盯了很久，最后说道："你最好抓紧时间，斯佩克特先生，别让母亲等你。"僵局被打破了，"请为我不朽的灵魂祈祷，好吗?"

斯佩克特答应下来，然后离开画室，若有所思地回到正厅。安布罗斯那短暂又不加掩饰的怪异仿佛从未出现过。

"混账小子们都在哪儿?"法官抱怨道。

"你也知道，安布罗斯发过誓，不去教堂了，"埃尔斯佩思女士说着，一边下楼，一边调整翡翠胸针，"而伦纳德……我不知道伦纳德在哪儿。"

贾尔斯爵士烦躁地看着手表，又等了几分钟，杰弗里·弗拉克和伦纳德才姗姗来迟。

"总算来了，"贾尔斯爵士说，"我们可以出发了吧?"

一群人走出宅邸，沿着车道缓缓地走向大门。贾尔斯爵士和埃尔斯佩思女士挽着彼此的胳膊，伦纳德和杰弗里·弗拉克的步伐基本保持一致，斯佩克特不紧不慢地跟在后面。

快走到大门口时，埃尔斯佩思女士停下脚步。"哎呀!"她叫了一声，"我的手套，我真傻，应该是忘在客厅里了。你们谁能……?"

"乐意效劳。"斯佩克特说。

"太感谢了。"埃尔斯佩思女士说。

虽然杰弗里和伦纳德并没有明显松了一口气，但他们的肩膀都放松了，不像前一刻那么紧张。

斯佩克特回到宅邸，轻轻打开前门，溜进了门厅。他之所以这么做，是想知道兰塞布尔发号施令的马奇班克斯宅邸内是什么情况。他悄悄走向楼梯，头顶突然发出沉重的撞击声，吊灯随之摇晃起来。斯佩克特皱起眉头上楼。

他站在楼梯口往走廊里看，明白了刚才的声音是怎么回事。兰塞布尔太太又在斥责那名年轻女仆，因为后者显然把行李箱掉在了地上。她需要把行李箱从一个房间搬到隔着几扇门的另一个房间。

"对不起，兰塞布尔太太。"

"我只希望你打起精神来。"

斯佩克特朝她们走过去。"有人要换房间吗？"他随口问道。当然，他已经看到了箱子侧面熟悉的字母：LD。

"是的，先生，"兰塞布尔太太回答，"伦纳德少爷的房间好像安排错了。"

斯佩克特啧啧称奇："真是一个低级的失误。"

兰塞布尔太太嘴上没有回应，只是怒目而视。她看见女仆还在和箱子较劲，催促道："动作快点。"

斯佩克特又往楼下走，可走了几步就停住了。安布罗斯出了画室，在用玄关桌上的电话。此时，他背对着斯佩克特，正在欣赏对面墙上花样繁复的织锦缎装饰。

斯佩克特慢慢蹲下，躲在栏杆后面，等着听安布罗斯讲话。

"卢多？是我，"安布罗斯低声说，"准备好受罚了吗，老兄？"

斯佩克特全神贯注，想听清电话另一头在说什么，却只能听到尖细的杂声。

"很好。"安布罗斯说着挂断电话。斯佩克特继续躲在楼梯上，看着安布罗斯原路返回，消失在画室里。

斯佩克特迅速下楼，心里想着要向接线员询问刚才的号码。然而，其他人还在等他。他走进客厅，看见埃尔斯佩思女士的手套就摆在玻璃咖啡桌上。

此时，女仆贝基来到门厅，以防被兰塞布尔太太看见，她过于认真地掸起门框上的灰尘。她一看到斯佩克特就迎了上去。"先生，"她说，"我想和你私下谈谈。"

"来这边，"他一边说，一边领着她回到客厅，"什么事，贝基?"

"有些事我必须告诉其他人，"女仆说，"比如你。事关那个死去的女孩，先生。"

"格洛丽亚·克雷恩? 她怎么了?"

"先生，是……哦，我不知道我应不应该说。"

"你必须说。"斯佩克特的声音没有变大，却非常严肃，足以让女仆感到浑身发冷。

"先生，是……兰塞布尔太太。我最近在怀疑，她可能……给格洛丽亚·克雷恩下了毒。"

"为什么?"

"我知道了一些事情，先生。有一段时间了，但几乎可以解释一切。"

"继续。"斯佩克特提醒道。

"我偶然听到了一通电话，在几个月前的夏天。老爷和夫人平时在伦敦，这里只有几个仆人。那天本赫斯特有露天游乐会，下午兰塞布尔太太给我放了假。我出门后发现忘了带钱包。我想买棉花糖、太妃苹果和其他东西，所以就回来了。我是悄悄进屋的，先生，因为我不想引起兰塞布尔太太的注意。她喜欢安排杂活，如果她看到我，一定会让我掸这掸那，我就走不了了。所以，我脱了鞋，准备从前门溜进来。我以为她在厨房，或者在自己的房间里，没想到她竟一个人待在主屋。我推开门就看到了她的背影，她当时正在打电话——所以才没有发现我。于是我又把门拉上，只留一条缝，然后……"

"你开始偷听。没关系，不用担心，我不会出卖你。她在和谁打电话？"

"不知道。不过，应该是她很熟悉的人，非常熟悉。你明白我的意思吧。"

"你不应该乱猜，贝基，"斯佩克特责备道，"现在，请告诉我，你听到了什么？"

她说："对不起，她还那么年轻，我现在很后悔。我真想告诉她我很抱歉。"接着，她沉默了一会儿，好像在听电话那头的人说话。然后，她说："是他伤了她的心，可如果不是因为我，她今天还活着，"贝基停下来，眼睛炯炯有神，"直到再听人说起格洛丽亚·克雷恩，我才反应过来，先生……"当她确信自己发现了什么时，她的声音变大了。

"贝基，冷静点。你能确定这是她的原话吗？"

"确定，先生，百分百确定。她就是这么说的。"

"好的，"斯佩克特给了她一枚硬币，"你做得很好。趁兰塞布尔太太还没发现，回去干活吧。"

"哦，先生，让我单独和她待在一起，这样安全吗……？"

"除了你，宅邸里还有安布罗斯少爷和彼得·奈廷格尔。"

闻言，贝基·威兹德姆深吸一口气，鼓起勇气回去干活了。斯佩克特拿起手套，若有所思地走了出去。

埃尔斯佩思女士漫不经心地道了谢，一群人继续朝村子走去。埃尔斯佩思女士挽着伦纳德的手臂，和他走得很近，不愧是最受喜爱的儿子。斯佩克特仍然走在最后，迎着微风，听着其他人的喃喃低语。杰弗里走在前面，正在和贾尔斯爵士交谈，后者的脸看上去有点红；也许是被冷风吹的，又或者他们谈的话题让他厌恶——肯定与钱有关。

二

连接马奇班克斯和本赫斯特集镇的是一条崎岖的乡村小路，大约有半英里①长。这是一段轻松愉快的路程。当他们抵达教堂时，贾尔斯爵士和杰弗里·弗拉克的态度似乎已有所缓和。

英国的乡村教堂本身并不起眼。尖顶短粗，彩绘玻璃的不同区域出现了发黑和褪色；管风琴的声音尖锐刺耳，有点走音。教区居民鱼贯而入，斯佩克特一直注视着德鲁里一家。

他一句布道内容也没听进去，注意力都集中在旁边的一家人身上。他观察着他们的每一个小动作和每一次对视，心里有一种强烈的预感。

他想到了整件事的起因——恐吓信。他只见过其中一封，但寄信者的行动显然已经持续了一段时间。背后之人有什么目的？只是让法官感到恐慌？是否存在比这更切实际的目的？关于格洛丽亚·克雷恩的暗示是否只是老套的障眼法？

接着，他想到了前几天晚上假模假式的枪击。伦纳德、安布罗斯

---

① 一英里约 1.6 千米长。

和杰弗里·弗拉克，三个人之中有人溜到街上，朝书房窗户开了一枪，没有命中，然后迅速撤回屋内。在老魔术师看来，这不是什么大胆的谋杀计划，而是一个任性的孩子所行的鲁莽之事。

然而，斯佩克特认为恐吓信并非出自莽夫之手。相反，那个人拥有精明的头脑。

礼拜仪式拖拖拉拉，杰弗里显得尤其烦躁。他坐立不安，一会儿搓手，一会儿挠头，引起了周围人的不悦。仪式终于结束时，他逃命似的冲了出去，甚至没有停下来和牧师握手。

斯佩克特环顾四周，以便弄清年轻人如此着急的原因。他的目光停在一个平庸的信徒身上。那是一个秃头男人，留着粗糙的小胡子，身材矮胖，不英俊，也不是特别丑陋。总之，他是一个普通人。可他正盯着杰弗里，眼睛里充满仇恨。教堂是神圣场所，而这名普通信徒眼里却燃烧着地狱之火。斯佩克特选择跟在杰弗里后面，其他人则蹒跚着往回走。

回马奇班克斯是上坡路，比来时走得吃力多了。终于走进熟悉的铁门时，斯佩克特已经累得气喘吁吁。伦纳德追了上来。"斯佩克特，"这位演员说，"你那天晚上用绳子表演了一个魔术。绳子本来没有打结，被你弹了一下，一个丝结就出现了。"

"是吗？"

"是的，我印象深刻。你能解释一下是怎么做到的吗？"

斯佩克特的目光没有离开走在前面的弗拉克，他说："对魔术师来说，解说魔术原理是不合规矩的。"

伦纳德露出狡诈的笑容："你确定我无法说服你？"

斯佩克特笑着说："无非是手部技巧。绳子打结的一头从一开始就握在魔术师手里。弹绳子的动作吸引了观众的注意力，魔术师趁机把没打结的一头攥在拇指和食指之间，同时放开打结的一头，制造瞬间打结的假象。"

伦纳德不禁心生钦佩。

"现在，"斯佩克特继续说道，"也许你能向我说明一件事。"

"我会尽我所能。"

"我想知道你昨天晚上在哪里。你接到消息后没有立刻赶来马奇班克斯，这似乎不合常理。"

"我在城里有几件事要处理。"

"是这样啊。"

他们继续在雪地上行走，脚底不时打滑。

"那天晚上朝你父亲开枪的人是你，对吧？"

伦纳德猛地止步，差点跌进路边的水沟。"你在胡扯什么？"

"声音小点，你想让大家都听到吗？"

"我想知道你的指控从何而来……"

"你的咆哮证实了我的怀疑，伦纳德。"

否认毫无意义。伦纳德完全没有防备，只得承认。"你可真够聪明的。"他愤怒地说。

"不敢当。我越想当晚的事情，越觉得试图谋杀法官是孤注一掷的做法。你想阻止他做某件事情。我事后得知，他近期与律师见过面，为了更改遗嘱。接着，我意识到，当晚我的出现引起了一场误会。当你父亲向我提出进书房谈事时，你以为我们要去改遗嘱，对吧？你知道更改遗嘱需要见证人，所以认为我就是见证人。你要制止我们。这就是你采取行动的理由。"

"我不明白，你为什么如此确定是我干的。也可能是安布罗斯或杰弗里，不是吗？甚至可能是西尔维斯特。"

"不是西尔维斯特。我想，他不会犯你所犯的错误。"

"什么错误？"

"法律知识的欠缺——更改遗嘱需要两个见证人。"

伦纳德放声大笑。当自己的无知被戳破时，他作出的反应是福斯塔夫式①虚张声势。不过，他没有否认。

斯佩克特继续说："凶手也不可能是杰弗里·弗拉克，原因有两个。首先，他知道我当晚登门拜访的真正原因。其次，不管贾尔斯爵士是否改变遗嘱，他都不受影响，因为他分不到遗产。

"剩下你和安布罗斯。我认为你的嫌疑最大，因为你的损失最大。你是你父亲的主要受遗赠人。这不是一个秘密吧？毕竟，他是老派人物，非常重视传统和长子的地位。因此，你一直是他最喜爱的一个儿子。我没说错吧？"

"就算你是对的，你想怎么样？把我抓起来吗？"

"不，至少现在不想。你我都知道，现在没有可以用于指控你的实证。我相信，如果我把我所知道的一切告诉法官，你会不择手段地摆脱嫌疑，对吧？"

伦纳德笑了："毕竟我是最受宠的儿子。"

"而且，"斯佩克特说，"既然你已经知道我来此的真正原因，就没必要谋害你的父亲了。你知道，他不打算改遗嘱。"

"暂时不打算。"伦纳德纠正道。

"我会密切监视你，德鲁里先生。希望你记住这一点。"

魔术师看见杰弗里·弗拉克进了马奇班克斯宅邸的前门。当其他人进门时，弗拉克已经上楼了。

---

① 莎士比亚笔下最出名的喜剧人物，喜狂欢，玩世不恭。

"他怎么了?"埃尔斯佩思女士淡淡地问，并没有明确是在问谁。

法官没有答话，也朝楼梯走去。

"斯佩克特，跟我来。"伦纳德大声说道。老魔术师的眼睛仍然瞟着楼梯口，杰弗里·弗拉克刚刚就在那里，随后就从视野中消失了。"斯佩克特! 你在听吗? 跟我来。我刚刚想到一件事，也许很重要。"

斯佩克特跟随伦纳德走进音乐室，旁边是画室，安布罗斯大概还在那里。音乐室的装饰有些简陋，只是墙面贴了最简单的木板，墙顶有带音符的装饰带。

魔术师随伦纳德走到窗边。演员焦急地开口:"听着，我……"

他没能把话说下去。

时间在此刻停止了。

一声巨响震得整座房子都在颤动。声音是从楼上传来的。斯佩克特夺门而出。埃尔斯佩思女士站在楼梯下面，抓着栏杆，显然是在努力鼓起上楼的勇气。"哦，天哪，"她说，"哦，天哪。他们杀了他。"

"是枪声，"斯佩克特说，"所有人待在下面别动。"安布罗斯也已经冲出画室，正和伦纳德一起安慰他们的母亲。

当斯佩克特登上第一级台阶时，女仆贝基噔噔噔地从书房里跑出来。她指着前门喊道:"他往那边去了! 我看到他打侧面绕过来，从书房的窗户外面跑了过去!"

伦纳德推开前门，一股冷风扑面而来。斯佩克特站在台阶上，凭借有利视角看到一个黑影沿车道飞奔而去——几乎无法看出人的特征，在一片灰白中，只能看到一个模糊的影子。

"追!"伦纳德喊道。然而，斯佩克特按住了他的肩膀。

"不行，"他说，"留在这里，打电话报警。"

说完，他继续往楼上走。

他发现贾尔斯爵士站在楼梯口。和他预料的相反，法官安然无恙，但脸上是受到极大惊吓的表情。

"杰弗里，"他呆滞地说，"杰弗里。"斯佩克特循着他的视线看向走廊。

杰弗里·弗拉克仰面倒在地上，身体从门内倒向门外，胸口血肉模糊，嘴里还在冒血。他的行李不久前才被搬进这个房间。

"他中枪了。"法官说。

这是显而易见的，但杀死杰弗里·弗拉克的不是普通子弹，而是近距离开火的双管霰弹枪。空气中硝烟弥漫。斯佩克特和贾尔斯爵士慢慢走近死状凄惨的弗拉克，他的尸体半截在房间里，半截在房间外。

魔术师迈进卧室，贾尔斯爵士跟在后面。"我不明白，"法官摇着头说，"这里没人。我……我无法理解。有人射杀了杰弗里，我看到了。那个混蛋在哪儿？他一定跳窗逃了。你不这样认为吗，斯佩克特？"贾尔斯爵士走到凸窗前，抓住插销往上拉，想把窗户打开。然而，不管他用多大力气，插销都纹丝不动。他哼了一声，又徒劳地猛拽了一下。

放弃开窗之后，他在房间走来走去，一会儿掀起床单，一会儿打开衣橱。枪手消失了。"他是被谋杀的，"他小声嘟囔道，"有人杀了他。"

此时，斯佩克特站在尸体旁边，低头看着不用再为任何事烦恼的杰弗里。他仰躺在破烂的门板上，脸上还带着怪异的苦笑，半眯着的眼睛盯着天花板。

"没有人从房间里出来？"斯佩克特问。

"没有。我刚才就在楼梯口。我看到杰弗里进门，听到他闩门的声音。接着，有人开了枪。门塌了，他从门里飞了出来。"

斯佩克特蹲下来检查门框，原本固定插销的位置已经裂开，四周立着凌乱的碎木片。看来，弗拉克的确把门闩上了。

斯佩克特背对法官，忍不住露出一丝微笑。此案出现了一个新的元素：一间密室。

第十章　永久居民

一

疯子黏糊糊的黑头发一绺绺地从宽宽的发迹垂到他的领口。乔治·弗林特想起了他曾看到过的照片上的埃德加·爱伦·坡。的确，维克多·西尔维厄斯和爱伦·坡有许多相似之处：同样眼眶深陷、目光忧愁，同样脸色蜡黄，同样迷恋着一个死去的女人。不过，坡表现出一种病态的顺从，是见过死亡的表情，维克多则表现出一种野性。他的胡子很长，黑色中夹杂灰白，看起来从未修剪和保养过。他像一个眼神空洞的隐士，已经放弃了他在现代世界的位置。他是来自遥远过去或者鬼魂国度的难民。

他低头看着自己的双手，其瘦长和纤细异乎常人。那是艺术家的手，不是行凶者的手。

他的衬衫一直扣到喉咙的位置，看上去很难受，应该不是自己扣的。更糟糕的是，这个细节使他看上去就像一个扮演人类的动物。他的生命似乎已经流失殆尽。

来格兰奇之前，弗林特做了一些调查，可越是深挖，能收获的东西就越少。他问遍了苏格兰场，老同事们对维克多·西尔维厄斯一无所知。弗林特甚至怀疑这家伙是否真的存在。不过，蒙克里夫的诊所是真实存在的。

在一战后的十年里，贾斯珀·蒙克里夫作出了杰出的贡献，帮助那些容貌和四肢被弹片或燃烧弹重创的士兵重塑身体。家中有伤兵的上流社会家庭对蒙克里夫称赞有加，也支付了不菲的报酬。后来，蒙克里夫对患者的精神创伤越来越感兴趣。弹震症、躁狂症、忧郁症，这些病症所引发的神秘幻觉令他着迷。到二十世纪三十年代初，蒙克里夫因为没有士兵可治，继而走上了研究变态心理学的阴暗道路，逐渐成为一个"边缘"人物，一个被疏远的怪人。他的诊所和战后全盛期相比，规模缩小了很多，现在位于汉普郡郊外一座乔治时代的建筑里，距离小集镇本赫斯特只有几英里远。

最近，"诊所"变成私人疗养院，向上流社会提供临时戒酒服务。凭借私人疗养院的收入，蒙克里夫医生继续不受阻碍地进行其他研究。慎重是这里的代名词——几乎到了险恶的程度。据弗林特所知，蒙克里夫的机构几乎完全不受制衡，医生的研究不受官僚机构的监管。蒙克里夫还欣然答应上流社会的朋友们，给他们不受管束的儿女做脑叶切除术。

他向来懂得如何打点人情，这也使他可以随心所欲地支配疗养院里的闲置设施。这里只有三位'永久居民'，他们被关在侧翼的封闭区域，房间的门窗都做了加固处理。

这天早晨，弗林特从老公羊酒馆步行到本赫斯特车站，惊讶地发现卡罗琳·西尔维厄斯已经到了。他特意比约定时间提前了三十多分钟。她带着灿烂的笑容和他打招呼，好像突然对弗林特亲切了起来。"我坐的是早班车。"她解释道。

弗林特认为，他来到这里就是大胆一试。他们在月台上漫步，卡罗琳挽住了他的胳膊。现在是上午十一点，但太阳还没有完全升起。天空呈现一种昏暗的灰色，与弗林特的古怪心境不谋而合。

"谢谢。"她对他说。

"谢什么?"

"谢谢你听取我的建议。我没想到你会来。"

"为什么不来呢?"弗林特说,他感觉自己脸红了,希望没被年轻的女士发现。

"你不知道过去有多少人对我视而不见。"

弗林特完全能想到。他找到站长,后者打电话叫来一辆汽车,把他们送到蒙克里夫的疗养院。

二

他们见到了护工主管,一个一脸凶相的家伙,都能在霍加斯刻画精神病院场景的版画中找到自己的位置。他叫托马斯·格里芬,脑袋有点方,鼻子扁塌,留着银白色络腮胡。他的白色制服紧贴在肥胖的肚子上,个子足比弗林特高出八英寸。

从格里芬的举手投足中,弗林特看出他当过兵。他漫不经心地想,不知这个疯疯癫癫的勤务兵曾为哪个团服务。

就在这时,弗林特第一次见到了疯子维克多·西尔维厄斯。

兄妹拥抱在一起。弗林特走上来和西尔维厄斯握手。他回想了一遍卡罗琳前几天讲的故事,试着把这个维克多·西尔维厄斯和故事里的恋人、诗人和持刀复仇者联系起来。

西尔维厄斯示意妹妹和弗林特坐在床上。他们照做了。弗林特感觉草垫子被他压得往下陷。

西尔维厄斯仍站着。

"请你明白,弗林特先生,我很清楚我疯了。毕竟,我用了九年时间,来思考疯狂的本质。当然,我们都是某种程度上的疯子。"他

109

语气平和，非常理智。弗林特无法反驳他的观点。

"你也许是对的。"

"我和你们这些普通疯子的区别在于，我很清楚我变疯的原因。我的敌人有名有姓，他叫贾尔斯·德鲁里。他杀了我生命中唯一重要的女人。我是说，除了我亲爱的妹妹以外。"

卡罗琳看向弗林特。

"也许，"弗林特说，"你最好把你的故事告诉我。"

"可以。通过一位朋友的引见，我在舞会上第一次见到了格洛丽亚。那是……一见钟情。我相信，她对我也有好感。我们就这样开始交往了。格洛丽亚和我不同，她出身贫寒。最开始，她在伦敦一家酒店做女工，用赚到的钱进修秘书学。我们认识时，她已经是德鲁里的办公室职员。不久之后，她受到提拔，成为他的私人秘书。不管怎样，我很快就下了决心。我想让她嫁给我，成为西尔维厄斯太太，"他闭着眼，陷入回忆。喜悦和痛苦交替着出现在他脸上，"我向她求婚，感谢上帝，她同意了。那是我一生中最幸福的一天。"

"我们开始认真筹备。想到她终于不用工作了，我非常高兴。你知道，我的积蓄足以让我们过上舒适的生活。可是，就在她向德鲁里递交辞职信之前……"

"她死了。"弗林特替他说完。

"是谋杀。"

"她的死被认定为自杀。"

"可笑，"西尔维厄斯轻蔑地说，"她是被谋杀的。贾尔斯爵士杀了她。"他激动而坚定地说，弗林特几乎要直接相信这个疯子的观点。

"所以，你为了报仇，决定杀了他。"

"我做了任何人都会做的事。我失去了理智，变成现在这副模样。

这个地方全是疯子，我被他们包围了。你知道隔壁是谁吗？是埃奇莫尔扼杀犯。你还记得他吗？"

弗林特记得。

"他出奇地好相处。许多夜晚，我们隔着墙聊天，谈论怎么纠正世上的错误。你能猜到我的另一边是谁吗？猜不出来？哎，告诉你吧，是安伯盖特纵火犯。"

"你妹妹认为有人要害你。"弗林特说，仿佛忘记了卡罗琳就坐在旁边。

维克多瞪大了眼睛，低声说："他们是一伙的，法官和医生。你要知道，弗林特探长，他们都是'悲剧人'……"

最后几个字就像一句暗号，房门就在这时朝里打开。他们又见到了护工托马斯·格里芬。他抱着胳膊站在门口，一身白色——包括脚底那双走起路来嘎吱作响的橡胶底帆布鞋——加上高大的身材，使他看起来像一尊雕像。"时间到。"他说。

"再给两分钟……"卡罗琳恳求道。

"不行，时间到了。"

西尔维厄斯缩进墙角。弗林特站起来与护工对峙，但两个人的身高差使场面看上去有些滑稽。"你知道我是苏格兰场的人吗？"弗林特斥问。

"知道，先生，"格里芬毫不在意地说，"这是蒙克里夫医生的命令。"

"好吧，"弗林特说，仍然注视着格里芬，"我想我们别无选择。"

"你们很快就会再来的，对吧？对吧？"维克多·西尔维厄斯的话中带着哀求。弗林特和卡罗琳一前一后走出房间。

"是的，"卡罗琳说，"当然……"她想隔着栏杆再看她哥哥一眼，但格里芬把门一关，阻拦了她的视线。

"我想和你谈谈，格里芬，"弗林特说，然后刻意补充道，"私下谈。"

"来这边。"格里芬说着在前面带路。他们沿走廊返回，穿过一扇门——经过之后就锁上了——进入一片行政区域。这里的布置和其他乡村医院没有什么不同，虽然有些简陋，但是功能齐全。

"我说了私下谈。"

"没有比这里更合适的地方。"格里芬对他说。

弗林特把格里芬拉到一边，卡罗琳站在原地。"告诉我，这一切，这样严酷的监管措施，到底有什么意义？我并不认为那个人比我更危险。"

"这是蒙克里夫医生的命令，"格里芬重复道，他没能压低声音，因此卡罗琳能听到他说的每个字，"我在执行命令，弗林特先生。仅此而已。"

"请叫我弗林特探长，"弗林特提醒道，尽管他平时并不在意这种事情，"既然如此，我要见蒙克里夫医生。"

"他今天进城了。"

"他什么时候回来？"

"不知道，先生。在他回来之前，"格里芬似乎无法掩饰他的快乐，"我是负责人。"

三

"我不喜欢那个格里芬。"弗林特说。他们回到了寒冷的室外。

卡罗琳的声音有点哽咽："一想到哥哥被那个怪物控制着，我就很心痛。"

"难道不能从法律途径重新评估他当前的状况吗？"

她摇了摇头："蒙克里夫不会违抗贾尔斯·德鲁里。根据目前的情况，我哥哥只会被当成语无伦次的疯子。没有人可以阻止德鲁里实施报复。只有一个办法能让我哥哥重见天日。说实话，这就是我向你求助的原因。"

"什么意思？"

"我希望你帮我证明，是贾尔斯爵士谋杀了格洛丽亚·克雷恩。"

弗林特没有马上回答，他考虑了一下，然后字斟句酌地说："你的意思是，如果没有德鲁里的干涉，医疗机构也许能公正地判断你哥哥的情况。"

"是的！没错。这就是为什么我想让你亲自来见维克多，我希望你理解他被囚禁的处境。他们像对待动物一样对待他，弗林特先生。"

他们此时已经走到大门口了，一个门卫走出门房，给他们开了门。弗林特和卡罗琳沿着来路，向着本赫斯特和文明世界重新出发。弗林特说："西尔维厄斯小姐，你哥哥的处境的确悲惨，但这恐怕无法说明他的生命正在遭受威胁。在这种情况下，苏格兰场也无能为力。"

"你甚至不能和蒙克里夫谈谈？"她听上去已经绝望。

"我会找他，"他安慰道，"不过，你必须做好没有结果的心理准备，西尔维厄斯小姐。"

悲剧人的成员们是否真的在计划除掉西尔维厄斯，好让他再也不能追究格洛丽亚·克雷恩的死因？

当弗林特和西尔维厄斯小姐快到车站时，一辆警车在他们旁边停下来，车里有人喊道："探长！"

弗林特停下来，朝车内看去。"胡克？你在这里做什么？"

"幸好找到你了，探长，马奇班克斯出事了。贾尔斯·德鲁里有了更多麻烦。又有人被杀了。"

第十一章　事出有因

乔治·弗林特下了警车，走进马奇班克斯的阴影里。此时此刻，他感到一阵难以忽视的痛苦。和斯佩克特一样，他也相信有的事件会在一个地点留下回响，那是已逝之人留下的影子。和斯佩克特不同的是，他还相信鬼魂。如果他瞥见格洛丽亚·克雷恩或西尔维斯特·芒克顿在楼上的某扇窗户后面盯着他，他不会感到惊讶。

斯佩克特出来了。魔术师现在很暴躁——不是因为谋杀本身，而是因为谋杀发生的环境。

"凶手消失了？"弗林特难以置信地问。

"凶手消失了。"斯佩克特说。

弗林特无奈地点了点头。"知道了。"他说。

在弗林特到场之前，斯佩克特彻底地调查过宅邸一楼。他是从厨房开始的，兰塞布尔太太和厨师阿尔玛在那里听到了枪声。枪响时，贝基在法官的书房里除尘（同时行窥探之事），她看见窗外有一个逃跑的人影。斯佩克特去问话时，她正在厨房餐桌旁哭着叙述经过。斯佩克特耐心地听着，但她无法说出关键特征，无法确定逃跑者的身份。兰塞布尔太太冷静地站在挂着纱帘的小窗前，凝视着窗外的一片小花园；她的不在场证明没有问题，因为她和阿尔玛在一起，这就够了。

接着，斯佩克特出了侧门，往车库走。天气这么寒冷，彼得·奈廷格尔却只穿着衬衫。他拿着海绵和一桶水，正在清洗那辆奥斯汀汽车。他在屋里待了一个小时，处理雇主的信件，然后出来保养汽车、洗车。他没有不在场证明，因为他没有在哪个人的视线范围内长时间停留。斯佩克特端详奥斯汀，汽车显然很干净，但他注意到引擎盖上冒起了缕缕蒸汽。"你确定今天上午没有开车去别的地方？"

"我需要启动几次发动机，"奈廷格尔毫不迟疑地回答道，"以免上冻。"

斯佩克特缓缓地点着头，但他并不完全相信。与奥斯汀不同，布加迪的蓝色车身布满灰尘和泥点；引擎盖开着，露出了发动机的金属结构和线缆。"你也在保养安布罗斯的汽车。"他说。

这位秘书突然腼腆起来："不，我只是好奇。现在 35 型已经不多见了。"

斯佩克特在脑子里过了一遍发动机丑陋的功能设计。他想，有的人似乎天生就懂机械，他们无师自通，知道每个活塞杆、活塞环和火花塞的正确位置。斯佩克特只能凭借有限的机械知识，大致认出像蛇一样绕着紫色和灰色汽油表连接器的淡绿色刹车线。他们的大脑是不一样的。

他漫步到车库另一头的木制工作台前，并不算特别惊讶地发现，与上午对比，有几样东西似乎被移动过。"奈廷格尔，你动过这里的东西吗？"

"没有，先生。据我所知，贾尔斯爵士吩咐过准备铁锹，好应对今晚的降雪。"

斯佩克特点头："我知道了。那么，不打扰了。如果你碰巧想到任何可能有用的事情，请务必告诉我。"

离开车库，他绕到房子后面，进入安布罗斯的画室，那里现在没有人。窗外的积雪光滑平整，未经破坏。他走过去推开落地窗，一阵冷风立刻灌了进来。他从那里走出去，抬头看向案发房间紧闭的窗户。不管凶手走的是哪条路，至少不是这一条。就在他思考问题时，弗林特探长到了。

在客厅的长沙发上，兰塞布尔太太与埃尔斯佩思女士并排坐着，这已经违反了家佣规约。埃尔斯佩思女士似乎仍处于震惊中。她坐得笔直，双手紧握着放在大腿上，眼睛呆滞地注视前方，就像人偶一样，看着令人不安。兰塞布尔太太用一只银壶倒了茶，同时密切关注着女主人的情况。在穿过客厅去书房时，斯佩克特感受到了两个女人之间的惺惺相惜。

弗林特到了以后，事情推进得很快。他们高效地采取了行动——占领了贾尔斯爵士的书房。这是一个华丽的房间，装了橡木镶板，书架上摆满了皮面精装书。斯佩克特停下来仔细看一些书名，发现几乎全都是深奥的法律专著，无法激发他的想象。

他们首先要与贾尔斯爵士谈话。这很恰当，因为他是一家之主。他踱着步，像被关在笼子里的野兽一样。

斯佩克特静静坐在一旁，弗林特开始了冗长的问话流程："据我所知，你目击了枪击发生的过程？"

"我当时在楼梯口，看到杰弗里进入房间……又出来了。"

"他走进凶手所在的房间，锁上身后的门。凶手用的是双管霰弹枪，冲击力使中枪的弗拉克先生向后飞起，撞开了门，倒在走廊上。当时，门板脱离了门框。当这一切发生时，你的目光从未离开房间门口？"

"你想说什么？"

"我想确定凶手是否有可能从走廊逃走。"

"拜托，老兄，你觉得我是笨蛋吗？你觉得我在听到枪声并看到可怜的杰弗里后会干什么？我冲了过去。"

"但你看不到房间里面。"

"从我站的地方看不到。"

"凶手没逃出去吗？"

"我说过一百遍了，凶手不可能在我眼皮子底下逃出房间。"

"那就只剩下窗户了。"

"他也不可能从窗户离开。"

"你如何确定？"

"因为窗框变形了，窗户最多只能被抬起半英寸。"

"我知道了。窗框一直是这个情况吗？"

贾尔斯爵士气恼地说："真不凑巧，弗林特探长，我没有把这栋破房子的每个毛病都记下来的习惯。我不清楚，你需要问别人。不过，我可以确定窗户现在变形了，我亲自试过。斯佩克特也试过。"弗林特的目光移向魔术师，后者点了点头——的确如此。

弗林特困惑地叹气："嗯，先生，如果事实如你所说——我当然没有理由怀疑你——那么这似乎是一起不可能实现的犯罪。凶手没有从门口离开，也没有从窗户离开。你和约瑟夫·斯佩克特搜查了房间，知道他无法在房间里藏身。那么，他去哪儿了？"

二

当书房里只有他和斯佩克特时，弗林特说："所以说，你们看到了那个人？"

"我们的确看到了一个人，一个顺着车道逃跑的人影。当然，那不是凶手。他不可能是凶手。"

"为什么？"

斯佩克特耸耸肩，说："因为说不通。枪击发生在楼上南面的房间，那个人随后却出现在宅邸北边的车道上。彼得·奈廷格尔声称，他看到了可疑人影经过车库。他本可以轻松地穿过南边的草坪，然后逃进树林，为什么要冒险往北边跑呢？而且，如果这个人是凶手，那么这个假设的前提是，他是从不能过人的窗户逃离犯罪现场的。我们还不知道他是怎样做到的。"

弗林特翻着笔记本。"奈廷格尔是伦纳德·德鲁里的秘书吧？我必须和他聊几句，"他说，"斯佩克特，你怎么想？像这样作案然后逃跑是不可能的，不是吗？"

"并非不可能，"斯佩克特笃定地说，"这是一个谜，一个难解之谜，一个难题，但别说不可能，弗林特。没有什么是不可能的。"

苏格兰场职员并没有被说服。"我去看看他们搜查得怎么样了。"他说着离开了书房，没有等魔术师继续发表观点。他在楼梯下面撞见了他的手下。"胡克，"他说，"我需要你做一些事情。"

"什么事，探长？"

"虽然斯佩克特已经问过话了，但我需要你把仆人的陈述正式记录下来。"

"好的，探长。"

"还有一件事。伦纳德的秘书叫彼得·奈廷格尔，他好像有点意思。这家人对他都比较陌生，你能做点调查吗？"

"好的，探长。"

弗林特来到室外，发现天又阴了下来。幸运的是，部下们的地面搜查工作已经取得了很大进展。他们在泥地里发现了一些鞋印，在北边草坪上也发现了足迹，说明的确有人走这条路。

这还不是全部。在马奇班克斯以北大约半英里的水沟里，他们找到了一把霰弹枪。检查结果表明，这把枪不仅刚刚开过火，而且与杰弗里·弗拉克①的伤口所对应枪型几乎完全一致。当然，霰弹枪比左轮手枪更难识别。不同型号的霰弹枪相似度很高，霰弹枪的弹道分析也不像小口径武器那样精确。不过，这些间接证据对弗林特来说已经足够了。

这样一来，谜案变得更复杂了。

根据几处鞋印以及霰弹枪被发现的位置判断，闯入者逃跑时似乎穿过了北边草坪、树林和田野。调查到这一步，还算顺利。

然而，弗林特对这样的结果并不是很满意。如果霰弹枪是凶器，凶手是怎样逃离房间的？为什么把枪扔在半英里外的水沟里？枪的重量和形状显然会阻碍他逃跑。如果他本来就打算丢掉凶器，为什么不丢在案发现场？

鞋印也一样。弗林特趴在地上，用放大镜观察那些鞋印，实在看不出任何明确特征。看大小，是十一码的鞋子，但许多人都穿十一码，包括弗林特自己。这说明不了任何事情。

三

约瑟夫·斯佩克特利用调查的间隙，又在一楼转了一圈。埃尔斯佩思女士还在客厅里，但她已经从长沙发上起身，站到了窗边。此刻，她正孤独地望着北边的草坪，许多警察仍在那里仔细寻找线索。

斯佩克特在厨房找到了兰塞布尔太太。

"方便的话，我想问一个问题。"他说。

---

① 此处原文 Sylvester（西尔维斯特），应为作者笔误。

她瞥了一眼厨师阿尔玛，后者坐在厨房餐桌前，面带淡淡的笑意。

"好，"兰塞布尔太太说，"去外面吧。"

她同斯佩克特来到走廊里，上下左右都看了看以确定四周无人，然后说："什么事？"

斯佩克特没有绕弯子："为什么把伦纳德的行李搬进杰弗里·弗拉克的房间？"

兰塞布尔太太立刻进入防备状态，抿了抿嘴，然后说："是伦纳德少爷要求我们这样做的，而且已故的弗拉克先生也完全知情。"

"这么说，他们交换了房间？"

"是的。"

"为什么？"

"我恐怕得说，是因为我们不小心给伦纳德少爷分错了房间。"

"因此他要求住进之前常住的房间？"

"没有什么不正常的地方，先生。他到这里之后发现分错了房间，便提出了换房。于是，我吩咐了女仆去处理这件事。"

斯佩克特细想了一下她的回答。"这个女仆，是贝基吧？"

"是的，先生。她已经在这儿干了三年左右，之前在瓦尔戴恩太太那里干了七年。"

"十年！但她很年轻！"

"二十六岁，先生。在这个年纪，她应该做得更好。"

斯佩克特自言自语一般说："看来，是伦纳德让人把他的行李搬进杰弗里的房间……"

"如果没有其他事，先生，我得去看看午餐菜单。"

"还有一件事，"斯佩克特继续发问，"那个房间的木头窗框变形了。你能解释一下吗？"

她耸耸肩："这是一栋老房子。"

"你上一次给房间通风是什么时候？"

"这是女仆的工作。"

"那她是什么时候做的这件事？"

"客人到来之前。"

"当时窗户能正常开关吗？"

兰塞布尔太太看起来很不自在，她低声坦白道："先生，杰弗里·弗拉克的到来不在计划之中，这意味着，恐怕不是所有房间都需要提前通风。贝基给伦纳德·德鲁里安排了楼梯口的房间，尽管她明知道他最喜欢角落那一间。不管怎样，她没有提前给角落的房间通风。之后，因为弗拉克先生比德鲁里先生先到这里，所以他在选房间时选中了角落的房间——伦纳德的房间——因为那里视野最好。"

"安布罗斯呢？"

"安布罗斯少爷的房间是他小时候住的那间，一向如此。"

斯佩克特琢磨着这个新信息。"换句话说，兰塞布尔太太，你不知道那扇窗户是否能正常开关。"

她点了点头："是的，先生。"

接着，她没有征求同意，直接回了厨房，当着魔术师的面关上了门。

斯佩克特原路返回，从客厅经过时，他发现埃尔斯佩思女士此时躺在长沙发上，眼睛一眨一眨的。她身边站着一个人——斯佩克特从未见过这个人，也没听说有人会来。他长相英俊，衣冠楚楚，可以说是气度不凡。

那个人看见斯佩克特，把食指放在唇边，示意他不要说话。"我

121

给她用了镇静剂，"他轻声说，"我们最好暂时保持安静。"

斯佩克特点头。"你是她的医生？"

"我是蒙克里夫，蒙克里夫医生，是德鲁里家的朋友。"

"我知道了，你是贾尔斯爵士的朋友吧？"

蒙克里夫有些怀疑地瞥了斯佩克特一眼。就在此时，贾尔斯爵士本人走进了客厅。"原来你在这儿，斯佩克特，"他说，"给你介绍一下，这位是蒙克里夫，我的老朋友。我第一时间给他打了电话。他是一个好医生，能把埃尔斯佩思照料好。"

"方便时，"蒙克里夫说，"让埃尔斯佩思女士去卧室休息。"

"听你的。喝苏格兰威士忌吗，贾斯珀？"

蒙克里夫医生又瞥了斯佩克特一眼，说："那我就不客气了。"

贾尔斯爵士为尽地主之谊，走向墙边库存充足的酒柜。他没有请斯佩克特喝酒。

"蒙克里夫医生，"魔术师说，"我听说维克多·西尔维厄斯目前也是你的患者，对吧？"

贾尔斯爵士故意弄响酒杯，以示反对。蒙克里夫却很坦诚："是的，为什么问这个？"

"他已经在你的医院里住了九年，是吗？"

"斯佩克特，"贾尔斯爵士插话，"这和发生在杰弗里身上的事有什么关系？"

"不确定。"魔术师若有所思地说。

此时，彼得·奈廷格尔鬼鬼祟祟地溜了进来。"抱歉，"他说，"我想我把烟忘在这里了。"

"三宝麟，"斯佩克特一边说，一边从咖啡桌上拿起烟盒，"我之前闻到了这股味道。外国牌子。"

"我喜欢外国烟。"

蒙克里夫疑惑地看着刚进来的人说:"我们应该没见过吧?"

"他是伦纳德的秘书,"贾尔斯爵士解释道,"不用在意。"

当他说完这话时,奈廷格尔已经消失了。

四

有一个人还没被斯佩克特问过话。他在画室里找到了安布罗斯,后者还在为新作品努力,仍然穿着可笑的衣服。

"我想,这场悲剧没有打扰你的创作。"斯佩克特说。

"完全没有,"年轻人说,"实际上,我觉得它反而对我的创作有帮助呢。"他旋转画架,向斯佩克特展示他的作品——伦纳德·德鲁里的肖像,没有轮廓,极为抽象,只是一团模糊的黑影。

斯佩克特愕然看着这幅怪异的作品。"非常特别。"他说。

"你喜欢吗?"

"这……非常特别,"老魔术师重复道,"楼上枪响时,你在画这幅画?"

"是的。比你之前看到的更完整了,不是吗?"

斯佩克特走上前,凑近了,仔细看每一道笔触。他还伸出手,用指尖轻轻地戳了戳,没想到安布罗斯并没有制止他。"真是一幅惊人的作品。"

楼上地板突然嘎吱作响,把安布罗斯吓了一跳。他抬头看着天花板说:"我想他们在移动尸体。"

斯佩克特点头说:"应该是芬德勒来了。他是苏格兰场的帮手,很细心。在我们说话的时候,他会检查犯罪现场的每一寸地板。所以,请告诉我,安布罗斯,你到底听到了什么,看到了什么?"

123

安布罗斯耸耸肩："其他的我都没听清，但枪声把我吓坏了。我当然也朝楼梯跑了过去。可是太晚了，杰弗里已经死在走廊里。后面的事情你很清楚，不是吗？"

"是的，"约瑟夫·斯佩克特回答，"有没有人出现在南边草坪上？"

安布罗斯非常认真地想了想。"我不确定。"他说。

"哦？为什么？"

安布罗斯左顾右盼，仿佛希望有人过来搭救他。"我在画画，"他说，"我没有看见任何人。"

斯佩克特的下一站是犯罪现场，芬德勒正在那里检查窗户。"啊，"他说，"斯佩克特，只有你能解释清楚。你可以到这儿来吗？"

斯佩克特答应了他的请求。

"我试了足有十分钟，"芬德勒说，"还是不知道这扇窗户出了什么问题。没上锁，也看不出来哪里变形了，但就是打不开。"

斯佩克特用手指抚摸窗框表面。"这里完全没有变形。"他说。接着，他把两个手掌放在窗户的两边。"实际上，我觉得是边框衬板的问题。"

"什么衬板？"

"为了让窗扇上下滑动起来更容易，窗扇两边应该各贴了一条衬板，也就是边框衬板。变形的是衬板，不是窗框。"

"这说明什么？"

斯佩克特耸耸肩："我也不知道，但我觉得这一点值得注意。"

就在他们仔细查看窗框时，弗林特进入房间。

"怎么样？"斯佩克特问道，"有收获吗？"

"收获大了，"弗林特回答，尽管他看上去并不是很高兴，"一个是脚印，一个是霰弹枪。"

"霰弹枪？这么说，你们找到凶器了？"

"应该是，两个枪管都空了，看上去刚刚开过枪。有什么发现，芬德勒？"

医生站起来，叹了口气，回答道："显然是在房间里开的枪，"他走到离窗户大约一英尺的地方，"应该是从这里，近距离直射。可怜的家伙毫无生还可能。"

"会不会是某种装置？比如机关陷阱？"

"看不出来。我是说，理论上是成立的，但房间里应该留有痕迹，留下某种装置。斯佩克特告诉我，他是枪响后最先进入房间的人之一。如果里面有某种装置，他应该会发现，不是吗？"

"蒙克里夫来了。"斯佩克特说，他急于切换话题。

"他在这里？为什么？"

"为了让埃尔斯佩思女士镇静下来。贾尔斯爵士给他打电话的时候，你正在外面检查霰弹枪，一定没有看到他。"

"这个案子很麻烦，"弗林特说，"不管幕后之人是谁，他都把我当傻子。我一点也不喜欢这个情况。"

"他把我们所有人当傻子，"斯佩克特安慰道，"但他不会得逞。跟我来，弗林特。我得把我的烟盒装满，然后我们就回书房。"

下楼之前，两个人先去了斯佩克特的房间。当魔术师往银制烟盒里装烟时，弗林特看了看这间房。

"格洛丽亚·克雷恩十年前就死在这个房间？"

"是的。"

弗林特走到一面墙跟前，把鼻子凑近，闻了闻。"这里的墙壁让我想到了一些事，"弗林特说，"我是说，我们都听说过维多利亚时代的含砷墙纸。"

"含砷，"斯佩克特说，"而不是含士的宁。"

弗林特摸了摸凸纹壁纸的表面，然后嗅了嗅指尖。"没有气味。"他说。

"不足为奇。"斯佩克特说。

"我想，"弗林特坚持道，"有没有可能是某种从墙壁里渗出来的毒药？"

"你忘了，"斯佩克特纠正道，"格洛丽亚·克雷恩是消化道摄入毒药，而不是呼吸中毒。"

弗林特烦躁地说："我想听听你的观点。"

"那你就要再等等了。我们目前要解决的是杰弗里·弗拉克的谋杀案。"

他们回到楼下书房。在斯佩克特把门关上之后，弗林特问道："那么，你怎么理解这起犯罪？"

"恐怕不太理解。"

"哦，拜托，你就在现场！你看到了整个过程！"

"我什么也没看见。"

弗林特叹了口气，垂下脑袋。他感到筋疲力尽，几乎没有力气从大衣口袋里拿出烟斗。

斯佩克特却面带笑容说："你理解错了，弗林特。虽然我什么也没看见，但是有时候，这和什么都看见了一样重要。"

弗林特皱起眉头："这是什么意思？"

魔术师还没回答，谈话就被打断了。

门被猛地推开，胡克冲进了书房。他的肩膀上下起伏，一看就是跑过来的。"探长，斯佩克特先生，"他气喘吁吁地说，"结束了，我们抓到他了。"

"抓到谁了?"弗林特问。

"凶手,先生。在本赫斯特抓到的。就是他没错,先生,我们接到了举报。"

"老天,这个人是谁?!"

"他叫阿瑟·科斯格罗夫,探长。"

五

斯佩克特和弗林特先后坐进汽车后座,胡克坐在前座。当胡克解释原委时,弗林特难掩困惑,斯佩克特则陷入了沉思。

科斯格罗夫的妻子艾达在几天前自杀了。她藏起来的信件表明,她被无耻的杰弗里·弗拉克敲诈了。科斯格罗夫有杀人动机。他出现在本赫斯特,这不太可能是个巧合。此外,有人给本赫斯特警察局打了匿名电话,提供了他的位置。警察到时,他束手就擒,眼下被关在一间拘留室里。

阿瑟·科斯格罗夫是凶手,这在理论上说得通。可犯罪方法仍然是未解之谜。弗林特发现自己陷入了"瓦伦丁的困境":杀死弗拉克的方式是什么?为什么用这种方式?

本赫斯特警察局是一座低矮的石屋,里面挤满了人,有周围村子里的警察,也有被"大房子"谋杀案吸引过来的当地人。村里的警察并没有足够的能力来处理像马奇班克斯事件这样大规模的犯罪,但即便有,这个摊子还是得交给苏格兰场来处理。幸运的是,斯佩克特的出现让这两桩罪案有了更快的进展。

胡克分开人群,照相机的镁光灯闪了起来——记者也来了。他们动作真快,就像有人报信一样。或许和打电话告知嫌疑人位置的是同一个人？

"这边，探长。"胡克一边说，一边带着两个人穿过前面的办公区，往里面的拘留区域走。斯佩克特跟在后面，淡蓝色的眼睛扫视各种活动同时进行的开放办公区。打字机噼啪作响，同时也有人围着桌子在小声开会。

一扇很普通的门仿佛连接着两个时空，斯佩克特有种回到宗教裁判所时代的错觉，面前是一排装着铁栏杆的灰色石牢。虽然一共只有四间牢房，但斯佩克特想象不出这里被塞满人的情形。此时，这里只有一名囚犯。

秃头、矮胖，这个名叫阿瑟·科斯格罗夫的男人孤独地蜷缩在最里边的牢房里。值班警员从吱嘎作响的木椅上起身，有点过于热情地行礼。

"这位是弗林特探长，"胡克说，"这位是斯佩克特先生，现在要对嫌疑人问话。"

"好的，长官。"警员一边说，一边迅速打开牢门。

在他们进入牢房之后，警员谨慎地把门拉上了。

斯佩克特率先打破沉默。"下午好。"他说。

"下午好。"阿瑟·科斯格罗夫的声音透露出他的绝望。他垂着头，眼睛盯着地面，似乎随时会倒在无形的重压之下。

"我叫斯佩克特，他是弗林特。我想，你知道我们来这儿的原因。"

"我知道。终于有人除掉了弗拉克这个败类，对吧？"

弗林特接过话："你为什么在本赫斯特？你来这里干什么？"

科斯格罗夫耸耸肩："不干什么，我是来做礼拜的。"

"那你为什么去马奇班克斯？"

科斯格罗夫终于抬头，讽刺地挑了一下眉毛，说："我没去。"

128

弗林特换了一个说法："据我所知，你最近试过起诉杰弗里·弗拉克，因为他与你妻子的自杀有关。你声称他在敲诈她。"

"他的确在敲诈她。他让她生不如死，让她以为自己没有出路。"科斯格罗夫说这些话时语气淡淡的，表现出一个超越愤怒和痛苦之人的平静和清醒。他的声音仿佛从另一个世界传来，灵魂已陷入深度昏迷。他就像一个傀儡，一个泥人。

"你很恨他吧。"弗林特说，尽力配合嫌疑人的语气。

"恨之入骨，探长。"

弗林特缓缓点头，说："是你杀了他？"

"不，"科斯格罗夫立刻回答，"不是。我可以这么做，我想这么做。可这样一来，艾达永远不会原谅我。"

"如果我说，有人看见你在弗拉克被害后逃离马奇班克斯宅邸，你怎么解释？"

"我只能告诉你，一个人不能同时出现在两个地方。"

"空口无凭。"

科斯格罗夫耸耸肩："我只能保证没说假话。"

弗林特把烟斗从他那两排烟渍牙中间拿开，想说什么，又忍住没说。最后，伴随椅子摩擦地面的刺耳声音，他起身离开了牢房。

留下来的斯佩克特对科斯格罗夫说："我今天上午在教堂里看见你了。"

"是的。"

"你为什么去那儿？是在等杰弗里·弗拉克吗？"

"不是。我不知道弗拉克住在那附近。我去是因为我受到了邀请。"

"邀请你的人是谁？"

科斯格罗夫露出微笑。"我的妻子，"他似乎回味了一下这个称呼，然后继续说道，"她不是大美人，斯佩克特先生。但是看看我，也很普通。我们很般配。哦，她是一位可爱的妻子。"

"请节哀。"

"谢谢。至少，我不用看着害死她的人长期逍遥法外。对于我这种脾气暴躁的人来说，这不是一件容易的事。"

阿瑟·科斯格罗夫是一个复仇天使，这个想法同时带有悲剧和喜剧的色彩。他是一个中年人，秃头、矮胖，留着像牙刷毛一样的小胡子，戴着小小的圆眼镜，大肚皮撑着紧绷的西服背心。然而，当他开口时，沉稳的声音和其中包含的真挚感情，使斯佩克特愿意相信他说的每一句话。

"你想杀了他，对吧？"

"嗯，毫无疑问。不过，前提是我能全身而退。我不想在监狱里等死。这不是艾达所希望的。"

"是你杀了他吗？"

阿瑟·科斯格罗夫正视着老魔术师说："不是。虽然他死了让我很高兴，但我可以对着艾达的坟墓发誓，他不是我杀的。像杰弗里·弗拉克这样的人，一定少不了想让他死的仇人。"

斯佩克特没说话，但他同意这种说法。他若有所思地看着科斯格罗夫。"你说是你妻子让你去村子里的。"

"听上去很荒谬，对吧？像疯子说出的话。可这是事实。如果不是因为她，我不会来这里。"

"你愿意说得详细一些吗？"

科斯格罗夫露出悲伤的笑容。"我很高兴他死了，"他说，"我没有杀他，但我很高兴他死了。"他说话的对象已经不是斯佩克特了。他在和艾达说话。

斯佩克特离开牢房之后，值班警员重新锁上门，将阿瑟·科斯格罗夫和他对亡妻的记忆关了起来。魔术师回到主要办公区域，发现弗林特正在和几个穿制服的警察交谈。

"这是在浪费时间，"弗林特对走过来的斯佩克特说道，"杀死杰弗里·弗拉克的显然不是那个人。"

"很高兴我们看法相同。我今天上午在教堂里看见他了。当我们从教堂回马奇班克斯时，他还在那里。他不可能走在我们前面，乘坐汽车或骑自行车则会留下车辙。而且，他还要冒着被发现的风险。"

"那么草坪上的人呢？有可能是科斯格罗夫吗？"

"我认为不是。如果他从北边接近宅邸，必须绕一大圈，很可能要穿过树林，明显需要更多时间。时间根本对不上。"

"好吧，我理一理思路，"弗林特说，"伦纳德·德鲁里当时在楼下。"

"是的，当时他和我都在音乐室。关于伦纳德，我还要告诉你一件事，但我晚点说也可以。"

"嗯，贾尔斯爵士和埃尔斯佩思女士和你在一起，所以凶手不是他们。当时还有谁在马奇班克斯？"

"贝基、兰塞布尔和厨师，他们都在厨房。伦纳德的秘书彼得·奈廷格尔也在。他说枪响时自己在车库，没有证人。"

"啊，"弗林特说，"我想起来一件事。胡克？你在哪儿，胡克？"

胡克的脑袋从一张桌子下面探出来——他在系鞋带。

"我让你调查奈廷格尔，有结果了吗？"

"我打电话查过了，探长。幸运的是，通过查公开记录就基本完成任务。在我看来，他是一个胆大的人。他几年前去了西班牙，同汤

131

姆·曼百人队①并肩作战。在哈拉马河战役中受伤后，他被转移到科尔多瓦的战地医院，最后在 1937 年年底被遣送回国。他在康复医院遇到了探险家拜伦·曼德比。我猜治疗他们的是同一位医生。不管怎样，曼德比当时在为下一次远征招募人手，奈廷格尔便报名了，负责写旅行日志。遗憾的是，因为曼德比感染疟疾，探险被迫中止。奈廷格尔于十二月初回到英国。"

"干得好，胡克警官，"斯佩克特说，"谢谢。"

"先别得意，"弗林特说，"我需要你调查另一个人。"

"另一个嫌疑人吗，探长？"

"不是，至少我认为不是。他叫托马斯·格里芬，在本赫斯特另一边的格兰奇疗养院当护工主管。"

"好的，探长。"

胡克忙着去打电话，弗林特继续和斯佩克特分析案情："还有一个人我们没说到——弟弟安布罗斯。"

"他当时在画室里，"斯佩克特说，"听到枪声之后跑上楼，看到尸体时的脸色有些苍白。"

弗林特揉着额头，显然是偏头痛发作。他眼睛发红，脸色发黄，看起来很痛苦。"那么，草坪上的人是谁？"

斯佩克特轻轻叹了一口气："还有待观察。不过，不管他是谁，都不可能是开枪杀死杰弗里的人。那是人所办不到的事。"

"你确定他不是科斯格罗夫？"

"虽然科斯格罗夫没有不在场证明，但这说明不了什么——既不

---

① 由英国工人阶级志愿者组成的部队，在西班牙内战时期（1936—1939）支持西班牙共和政府。

能说明他如何在不入室的情况下用霰弹枪近距离射杀杰弗里·弗拉克，也不能说明他是怎么处理凶器的。我是说，真正的凶器，"斯佩克特不假思索地说，"并不是你的部下在树林里轻松找到的那把枪。有人想用这种拙劣的法子陷害他。"

"我感觉很糟糕，"弗林特低声说，像在自言自语，"就像在玩拼图游戏，可每一块拼图都是错的。看似能拼起来，实际却拼不起来，混乱至极。想想看，斯佩克特。你是凶手，你决定用霰弹枪近距离干掉弗拉克，对吧？"

"是的。"

"这不是什么周密的犯罪计划。你不怕被发现，你也不怕被抓或被惩罚。你在听吗？"

"在听。"

"好，既然如此，为什么要想方设法溜进房间？为什么不等着你的目标出现，然后在光天化日之下杀了他？"

"我想你说到了关键，"斯佩克特说，"凶器和作案手法不匹配。"

"为什么大费周章地设计了那样的逃跑方案，却又在目击者面前开枪杀人？而且，为什么要让别人看见自己逃跑？"

"你别忘了，"斯佩克特说，"并没有证据表明，他进过那个房间。"

"是的，是的，你说得对。可如果他不在房间里，那他为什么要去马奇班克斯呢？他根本没有理由去德鲁里家。而且，如果房间里的人不是他，那会是谁？"

"也许房间里没有人？"

"不，那不可能，斯佩克特。我知道，你喜欢远程触发的杀人装置，但我看这一次是行不通的。"

斯佩克特闭上眼睛。和弗林特不同，他享受挑战。眼前的难题是他从未遇到过的。在某种程度上，他也喜欢调查的停滞状态。每种解释都有同样符合逻辑的对立面。嫌疑人无法实施犯罪，却又不可能不是犯人，真是有趣的悖论。

"凶器是霰弹枪，对于这一点，你们没有疑问吧？"斯佩克特漫不经心地说。

"我们已经尽可能确定了。遗憾的是，并不能完全锁定凶器。我们无法做弹道分析，因为这种双管枪射出的子弹不像左轮手枪那样是与口径和序列号相匹配的。"

"有意思。你觉得他为什么这样做？"

"你指什么？"

"用霰弹枪杀人。这种武器动静大，而且很重。凶手要达到目的，使用左轮手枪不是更合理吗？整件事情会变得容易很多。"

"不合理的地方太多了。"弗林特说道。

"是啊，"斯佩克特说，"真像爱丽丝梦游仙境。每件事都说不通。不过，我永远相信事出有因。"

这就是斯佩克特解谜的关键。每件事都有其原因，不管原因多么不合逻辑，多么荒谬。"那么请问，"弗林特说，"目击者看到阿瑟·科斯格罗夫逃离犯罪现场，这件事的原因是什么？"

"显然，他没有逃离现场。"

"你觉得目击者在撒谎？"

"不一定。不过，科斯格罗夫也去了教堂，这是我亲眼所见。我可以告诉你，他能先于我们到达马奇班克斯的唯一方法就是骑摩托车。他如果开汽车，应该会在乡间公路上赶超我们——这与事实不符；在田野上行车太危险，我认为可以排除。我想，目击者的确看到了一个人，他看到了一个冒牌货。"

"有人冒充科斯格罗夫？为什么？"

"为了陷害他。"

弗林特需要透个气。见雪已经停了，他撇下斯佩克特，走出警局大门，点燃了烟斗。可他一口气没歇，就又被打断了。

"探长。"一个声音喊道。

他转过身，说："西尔维厄斯小姐，你在这里干什么？我还以为你坐火车回伦敦了。"

"我给雇主打了电话，"她一边走向他，一边解释，"把实情告诉他了。他说我不用回去了。所以，"她面露喜色，"我决定在本赫斯特住几天，这里离维克多近一些。"

弗林特大吃一惊："他把你辞退了？西尔维厄斯小姐，你为什么这么做？"

"知识就是力量，"她神秘兮兮地说，"是时候让我占据上风了。"

烟草的味道显然激活了弗林特的推理能力，他立刻明白了她的言外之意。"是不是有人威胁你，扬言要把维克多的事告诉你的雇主？"

她莞尔一笑，一边继续往前走，一边说："他现在威胁不了我了。"

插曲　老公羊酒馆的对峙

"你想见我？"伦纳德·德鲁里笑着说，右手轻轻摇晃杯子里的白兰地。他用左手递出打开的烟盒，卡罗琳拒绝了。

这里是本赫斯特本地的老公羊酒馆。这家老旧的乡村酒馆同普特尼的黑猪酒吧没有太大区别，之所以受欢迎，在很大程度上是因为方圆三十英里内唯有这里供应啤酒。

"是，"她一边说，一边在他旁边的椅子上坐下来，"我想见你。"

"我必须说，这是一件新鲜事。我很高兴，你开始习惯自己的处境了。"

"事实上，"她说，"我请你过来，是想当面告诉你，我再也不想见到你。"

伦纳德笑了起来："可笑。你很清楚，我们之间正在迅速发展的关系一旦被断绝，会发生什么……"

"你会把维克多做过的事告诉我的雇主。不劳你费心，德鲁里先生，我已经告诉他了。"

"你说什么？"

"可以说，你手上已经没有我的把柄了。终于，我可以说出对你的真实看法。"

惊愕之下，伦纳德张着嘴却说不出话来。他咽了咽口水，过了一会儿才终于开口："你可能不太了解我，卡罗琳，"他说，"我天生好命，好事总会发生在我身上。这也许就是命运，不管怎样，我总能得到我想要的。"

"这次不灵了。"

他的表情冷酷起来，压低声音说："与我为敌是愚蠢的，跟我作对的女人都会自食其果。"

她双手叉腰，说："是吗？"

他得意地笑了笑："呵，就拿可怜的格洛丽亚·克雷恩来说吧，她拒绝了我，最后是什么下场？"

"你是说，毒死她的人是你？"卡罗琳难以置信。

"我这样说了吗？我可没说过这种话。还有亲爱的露丝·凯斯勒，她只比我大一岁，从小就是我的玩伴，最后怎样了？"

"我不知道谁是露丝·凯斯勒。"

"去打听打听，"他说，"你会知道的。"

卡罗琳喝完杯子里的酒，站了起来。"我再也不想看见你，或听你说话，"她对他说，"我建议你马上离开。"

伦纳德带着醉意窃笑。"你以为你是谁？"他说。

"她是谁都一样，"约瑟夫·斯佩克特截住话头，"你听到西尔维厄斯小姐说的话了，快走吧。"

魔术师进酒馆的时候，两个年轻人正聊得投入，谁都没有注意到他。此时，他已站在伦纳德身后，后者在高脚凳上转过身，看着老人的眼睛。

"斯佩克特，"他说，"事情不是你想的那样。"

"事情正和我想的一样。现在……"他把手杖的杖顶抵在伦纳德胸口，猛地一推。伦纳德向后一仰，从凳子上掉了下去，虽然勉强站住，却也踉跄了几步。"我建议你照西尔维厄斯小姐说的做，否则后果自负。"

"就凭你，老家伙？"

斯佩克特毫无惧色。当伦纳德靠近他时，他稳稳地站着，直到他们的鼻尖几乎碰到一起。

"没错。"斯佩克特说。

他和卡罗琳站在一起，目送伦纳德灰溜溜地离开。

"他刚才说的话，你听到了吗？"卡罗琳急切地问，"你觉得可不可能是他……？"

"不，"斯佩克特的目光追随着此时从窗边走过的伦纳德，"我不认为是他杀了格洛丽亚·克雷恩。至于露丝·凯斯勒……我估计，和里奇蒙·凯斯勒有关系。"

"哦，"卡罗琳说，"我听说过他，那个企业家，但他几年前死了……"

"没错，"斯佩克特一边说，一边把翻倒的高脚凳扶起来，坐了上去，"他刚好也是悲剧人的会员，和你的雇主贺拉斯·塔珀一样。"

卡罗琳在他旁边坐下来。"你是怎么知道的？"

"我只是问了彼得·奈廷格尔，他是伦纳德的秘书。他说他们前天开车去了贺拉斯·塔珀家。于是，我就给塔珀本人打了电话，他填补了剩下的信息。我还知道，在西尔维斯特·芒克顿被害当晚，和伦纳德一起用餐的年轻女士就是你。换句话说，你是他的不在场证明。"

她想了想，觉得否认是没有用的。"你怎么知道塔珀是悲剧人的会员？"她问道。

斯佩克特笑着说："我本来不知道，现在知道了。告诉我，西尔维厄斯小姐，你为什么接近悲剧人？你真的认为，这么多年来，是这个饮酒俱乐部的老头们在密谋监禁你的哥哥？"

"不是我认为，"她回答，"是我知道。还有一件事没告诉你，斯佩克特先生。我不再为贺拉斯·塔珀工作了。我今天上午向他坦白了我哥哥的事情，他让我打包走人。对此，我很高兴。"

斯佩克特点头："这样也许是最好的。不过，我不确定你留在本赫斯特是否明智。这里已经死了两个人，在我破案之前，恐怕还会出现死者。"

吧台后面挂着一只古老的橡木气压表。卡罗琳看着气压表，没有理会斯佩克特说的话。"气压下降了，"她说，"今晚会很冷。失陪了，斯佩克特先生。"斯佩克特站起身，沉默着目送她离开。

他这时才发觉，有人在监视他们。窸窸窣窣翻报纸的声音引起了斯佩克特的注意。有人偷听了他们的对话，是伦纳德之前背对着的人。他此时坐在壁炉边的扶手椅上，背对着吧台。被发现后，他缓慢地侧过头，看了斯佩克特一眼。他有一头白发和浓密的络腮胡，身穿羊毛西服。"一场闹剧。"他说。

"你一直置身事外。"斯佩克特说道。

"我还能怎么做？"那人说。

斯佩克特朝他走过去。"我想，你应该知道马奇班克斯吧？"他从容地说道。

"那个大房子？不太清楚。"这个人被盯得不自在起来，重新拿起了报纸。没等他继续读报，斯佩克特又开口了。

"那格兰奇呢？"

对方没有回答。

"我想，我知道你是谁，我的朋友描述过你的样子。你是托马斯·格里芬，对吧？"

"我很有名啊。"格里芬隔着报纸说。

"你在等人?"斯佩克特继续说,刻意保持平静的语调,如催眠一般,以便从不愿配合的怀疑对象口中套出实话来,"也许……你要见的人……已经走了?"

格里芬收起报纸,站了起来。斯佩克特很高,但这个护工总管比他更高。两个人面对面地站了片刻。最后,格里芬扭头向外走去。

斯佩克特紧随其后,走到酒馆门口时,他停了下来。他看见护工沿着大街朝格兰奇的方向走了。魔术师想,为什么是这里?为什么是现在?

第十二章　园中散步

当约瑟夫·斯佩克特回到马奇班克斯时，天已经完全黑了。他婉拒了胡克警官送他回宅邸的提议，选择从村子里走回去，就像当天上午那样。他穿好披风，把帽子扣在银白色的头发上，在寒冷的晚风中出发了。

宅邸里寂静得像没有人。埃尔斯佩思女士在自己的房间里休息。伦纳德和安布罗斯抽着烟，在玩金拉米牌。两个年轻人都不说话，注意力全在扑克牌上，几乎没有意识到斯佩克特从旁边走过去了。

直到八点半，埃尔斯佩思女士才艰难地下楼。显然，蒙克里夫的安眠药已经失效了。

"亲爱的。"贾尔斯爵士赶紧迎了上去。如果不了解情况，斯佩克特会觉得他们在演夸张的情景剧。丈夫和妻子拥抱在一起，埃尔斯佩思女士把脸埋在贾尔斯爵士的肩膀上，避开了斯佩克特的目光。他们分开之后，迅速恢复了日常状态。

"斯佩克特先生，我和我的妻子要出去散步了。"

"我强烈建议你们不要出门。"斯佩克特说。

"你认为凶手藏在树林里？"法官一改之前在书房时的消沉，又提起了精神头儿，"要我说，让他来吧。"

"请不要做傻事。"斯佩克特继续劝道。

"躲在这里才傻，"他说，旁边的妻子挽起了他的胳膊，"对精神不好。而且四周都有弗林特安排的警察。凶手今晚要是再来就蠢到家了。这倒提醒了我——兰塞布尔，最好多准备些柴火。"

"好的，先生。"

夫妇二人不顾斯佩克特的担忧，仍从前门出去了。

斯佩克特走进客厅，透过落地窗看着月光下的剪影。贾尔斯爵士和埃尔斯佩思女士习惯在晚间散步，昨天晚上和前天晚上也一样。在其他情况下，这应是一幅美好的画面。此刻，他却在留意远处的树林里是否有动静。

斯佩克特感觉，无形的恶意正在将他包围。看不见的凶手潜伏在马奇班克斯。他的工作还没有完成。

"一起玩吗，斯佩克特？"伦纳德的声音过于响亮，显然是想把老人吓一跳。这种幼稚的恶作剧倒与他的性格相符。这是恰当的报复，因为他在老公羊酒馆受到了斯佩克特的羞辱。

斯佩克特只是回答："谢谢，不用了。"他的目光没有离开花园里的夫妇。他又点燃一支小雪茄，心想要是这个不被眷顾的地方有一瓶苦艾酒就好了。那种绿酒能帮助他思考。

过了不到一刻钟，法官和他的妻子安然无恙地回到宅邸里。埃尔斯佩思女士一言不发地上了楼，贾尔斯爵士则走向斯佩克特。"我应该跟你说一下，"他说，"我做了一个决定，把园子里的警察打发走了。他们已经回本赫斯特了。我不想把马奇班克斯变成一座堡垒。"

"贾尔斯爵士，恕我直言，这是一个愚蠢的决定。"

"也许是吧，"法官似笑非笑地说，"但这就是我的决定。和妻子散步时，我想起了你之前说的话。我已经下了决心，要战胜对死亡的恐惧。"

说完这些不祥的话语，法官向斯佩克特道了晚安，也上楼去了。

感到不安的斯佩克特走进音乐室，伦纳德和彼得·奈廷格尔正在那里翻阅一堆信件。"观众的信，"伦纳德说，"我让奈廷格尔从伦敦取来的。不知道邮局怎么了，送达时间比预期晚了一天，所以才积压了这么多。"

奈廷格尔仍然只穿衬衫，一边抽香气浓郁的外国烟，一边一目十行地读信。他友好地朝斯佩克特点头致意。

"安布罗斯呢？"

"已经睡下了，可怜的孩子。"伦纳德说，语气冷淡。

斯佩克特的睡眠通常比别人少，即便如此，也因为这两天的经历备感疲倦。他来马奇班克斯还不到四十八个小时，却已经死了两个人。监视小组的确已经被撤走，房子周围无人值守，树木的阴影让人觉得可怕。斯佩克特猜想，法官或许悲剧人俱乐部里某个位高权重的朋友打了电话，请对方下达了命令。这是警方愚蠢地将第一道防线撤除的唯一解释。冰冷的威胁潜入了斯佩克特的内心深处。

他穿过寂静的过道，再次回到书房。弗林特几分钟前回到马奇班克斯，再次占用了法官的书桌。斯佩克特进屋时，胡克正在汇报调查结果。"关于格兰奇的护工托马斯·格里芬，我掌握了这些情况。这个人经历很丰富。他曾在海外服役，性情暴躁，后来被开除军籍。因为袭击和暴力伤害罪坐过牢。大约四年前，他受雇于蒙克里夫医生。他在今年春天结婚了。"

"结婚了？"这引起了弗林特的兴趣，"哪位女士这么幸运？"

"我还在等格雷特纳格林①档案局的消息。"

"格雷特纳格林？这么说，是私奔？真有意思。有消息了立刻告诉我。"

① 位于英格兰边境附近的苏格兰小镇，别名"逃婚小镇"。

"好的，长官。"

"我知道，"斯佩克特说，"我们现在的想法是一致的。你认为所有事情相互联系，对吧？维克多·西尔维厄斯、格洛丽亚·克雷恩、西尔维斯特·芒克顿、杰弗里·弗拉克、蒙克里夫医生……"

弗林特叹了一口气："我能知道是怎么回事就好了。每条路好像都走不通。"

"是的。"斯佩克特不由得笑了笑。

"你笑什么？"弗林特问道。

"我想到了现有的一对矛盾，"斯佩克特说，"首先是西尔维斯特·芒克顿在户外遇害，而凶手根本没有办法接近他。现在是杰弗里·弗拉克在密室里被杀，而所有人都看见了那个看不见的凶手。"

想到刚发生的恶劣罪行，弗林特摇了摇头。"就像拼图游戏，"他说，"但是每块拼图都对不上。"

"没错，这个比喻很恰当。"斯佩克特说。

弗林特抱着手臂坐在那里，斯佩克特感觉到他的倦意。"嘿，打起精神。来，"他指着旁边的书架说，"从架子顶层选一本书。"

"斯佩克特，我现在没心情欣赏魔术。"

魔术师没有放弃："你会从中受到启发。现在，请选一本书。"

弗林特只好照做，看着书架顶层，用手一指："那本绿色大书。"

"选得好。"斯佩克特走过去，抽出那本淡绿色皮革封面的法律书。"请看，我要这样翻书，"他把书举到弗林特跟前，迅速翻动书页，"看到了吗？你随时喊'停'，明白了吗？"

弗林特顺从地点头。

"好的。"斯佩克特开始翻书。

"停。"

斯佩克特停下来。魔术师举着书递出去，只让弗林特看到书上的文字。他说："请大声读出左边那一页的第一行。"

弗林特眯着眼睛。"因此，"他读道，"我们将把土地抵押分为契约抵押和不动产所有权契据抵押或存款单抵押，即法定转让抵押和衡平法转让抵押，而不是分为法定抵押和衡平法抵押。"

"太棒了，"斯佩克特兴奋地说，"这些律师对标准英语的运用已经达到炉火纯青的地步，足以使人忘记这也是莎士比亚的语言。打开书桌最上面的抽屉。"

弗林特抽出第一个抽屉，从里面取出一封完好的信。

斯佩克特微笑着让他把信拆开。

弗林特依旧照做，展信一看，纸上竟然写着同样的句子。难以模仿的细长笔体出自斯佩克特之手。

像之前的伦纳德·德鲁里一样，弗林特大惑不解。"哎呀，"他说，"别再折磨我了。告诉我，这是怎么回事？"

斯佩克特把书放回书架。"你要明白，我表演的每一个魔术都能解释一些事情，是有意义的。如果这个魔术的原理无益于破案，我就不会表演。问题的关键在于'强加'，也叫'魔术师的选择'。首先，请看书架顶层。那里有九本书——九本法律相关的巨著。你可能挑选出任意一本，对吧？其实，你的选择一点都不重要。再选一次。"

"那本蓝色的。"

斯佩克特拿了书，像之前一样翻起来。"让你喊'停'只是一个形式。不管你什么时候出声，我都会停在同一页。我只需要在书脊下端别一根小发卡，标记这一页。所以，凭借九根发卡，我可以根据你的选择控制结果，"他指着左边那一页的第一行，"你拉开书桌左边的抽屉，就会发现写着这句话的信。"

"哦，"弗林特说，"是作弊。"

"当然是。你现在还不明白吗？一直如此。我只需要九个信封，九个隐藏位置，九根发卡。"

"那么，"弗林特追问，"这和案子有什么关系？"

"这是控制的幻觉，"魔术师再次解释，"你以为你的选择是自由的，事实并非如此。"

说完，斯佩克特把书放回去，坐了下来。

这种奇妙的小节目对弗林特来说并不新鲜。斯佩克特喜欢用魔术说明他当下的思路。然而，对苏格兰场的探长来说，刚才的魔术并没有奏效。控制的幻觉？

斯佩克特没能进一步解释魔术的含义，他被突然响起的电话铃声打断了。铃声在马奇班克斯阴暗寂静的门厅和走廊里回荡，让斯佩克特想到了文学作品《圣诞颂歌》，书中伴随钟声降临的，是马利的鬼魂和斯克鲁奇的恐惧。

他倚在书桌上，拿起听筒："喂？"

"哦，斯佩克特先生，谢天谢地。"

"卡罗琳，怎么了？你在哪儿？"

"我在格兰奇。"

"什么？是你哥哥出事了吗？"

"是，"她回答，"是的，他失踪了。"

第三部分　双关语

1938 年 12 月 19 日—20 日

当谋杀被揭露时，凭借智慧，

神秘的复仇者可以做最清白的人。

——《复仇者的悲剧》，第五幕，第一场

"他们看不见我，"蒙面人说，"因为他们看着我的脸。"

——豪尔赫·路易斯·博尔赫斯，

《蒙面染工梅尔夫的哈基姆》

第十三章　舞步

一

在弗林特的命令下，胡克一直脚踩油门，驾驶汽车在黑暗的雪地里飞驰。车前灯射出两道细长光束。胡克隔着手套，有点吃力地抓着方向盘。斯佩克特像幽灵一样坐在后座，几乎一动不动，弗林特则在车子每次颠簸和拐弯时左摇右晃。两个人都没有说话，尽管弗林特会因为坐不稳而烦躁地咕哝。

原本三十分钟的车程，他们只开了十分钟。

胡克最后一次转动方向盘，让汽车拐着弯驶入格兰奇疗养院外面的车道，打着滑慢慢停稳。

"老天。"弗林特说。

铁门虚掩着，三个人下车步行。胡克举着手电筒，走在前面。走到主楼时，他们发现灯光明亮，却无人值守。弗林特一个星期前才来过这里。此时，入口的门不停地打开又关上，仿佛有恶灵作怪，其实是被风吹的。

卡罗琳·西尔维厄斯踉跄着走出来。她脸色煞白，眼睛直直地瞪着，仿佛刚从噩梦中惊醒。超大的栗鼠毛大衣衬得她小巧玲珑，当她把双手从衣兜里拿出来时，斯佩克特发现她的袖子比手臂长了一大截。她蜷缩着身子御寒，肩垫擦到了耳朵，左襟的纽扣是黄铜质地的，像旧式军大衣的扣子。

弗林特让她和胡克一起待在外面，自己和斯佩克特冲进了昏暗的门厅。努力回忆路线的弗林特拿着电筒，仿佛那是一柄武器。

这个地方的人都不见了。室内回荡着他们的脚步声。弗林特领着斯佩克特又穿过了一扇打开的门，走过一条走廊，再过一扇门，终于来到监禁区域。

维克多·西尔维厄斯确实消失了，同时失踪的，还有住在他隔壁的另外两个病人。每个房间的门都开着，里面空空荡荡，令人毛骨悚然。

"看守都去哪儿了？"弗林特问道，并不期待有人回答。

却听斯佩克特说："在那儿。"

弗林特举起电筒，照向黑暗的过道尽头。托马斯·格里芬的尸体倒在墙角，衣衫破烂，血肉模糊。他死前遭受了刀刺、殴打和虐待。凶器——一枚针头——插在他的脖子上，上面沾满了干涸的血渍。

"天哪，"弗林特一边说，一边用鼻子吸了吸气，"斯佩克特，我闻到了烟味。"

"我也闻到了，"斯佩克特说，"应该是从这扇门里散发出来的。"

他们循着气味进入托马斯·格里芬的办公室。地板中间放着一个铁桶，从里面冒出烟和火苗。弗林特喊了一声，立刻把桶踢翻，用脚去踩火苗。

火苗终于熄灭，斯佩克特蹲下来，用手杖拨开黑色的灰烬。"是档案，"他说，"有人烧了档案。这里还有某些资料。"

对面靠墙摆放的钢制文件柜的抽屉被人翻过。当弗林特继续查看这座建筑里的情况时，斯佩克特开始在文件柜里寻找线索。不同抽屉按照字母分类，存放着蒙克里夫的患者档案。用"S"标记的抽屉被翻得乱七八糟，西尔维厄斯的档案不见了。看样子，地上那只桶里烧掉的就是他的档案。斯佩克特检查了其他几只抽屉，发现里面的资料没有被翻动过。

可随后他又看到标着"N"的抽屉竟也被翻乱了。斯佩克特合上这只抽屉，注意力被上方标着"M"的抽屉吸引。里面的东西没人动过。斯佩克特浏览文件内容，脑海里浮现出一个模糊的想法。一个熟悉的名字让他停了下来。

二

最后，他们在上锁的取药室里面发现了格里芬的部下马特金和库姆斯。两个人都失去意识，裹着约束衣。尽管没有明显的外伤，但他们都想不起来发生了什么，很可能是被下药了。

弗林特找到了恢复电力的开关，并尽力盘问了两名幸存的护工，却没能获得什么有用信息。两个人语无伦次，似乎还被某种非法药物影响着。当增援赶到时，维克多·西尔维厄斯、埃奇莫尔扼杀犯和安伯盖特纵火犯已经消失了快两个小时。

随着时间流逝，风雪更大了。迅速成立的搜查队开始在乡间寻人，与此同时，弗林特在简朴的疗养院办公室里协调各项工作。弗林特坐在书桌前埋头看档案，斯佩克特来回踱步——与他们平时的角色刚好相反。

"我们必须和卡罗琳·西尔维厄斯谈谈。"斯佩克特说。

"要谈，"弗林特保证，"但是现在，我要先找到三名失踪者。我已经让胡克给总部打电话，请求支援。"

"前提是本赫斯特的电话还能打通……"斯佩克特说。

"你平时没有这么悲观。"弗林特说。

斯佩克特停下来，用冰冷的眼神看着他说："弗林特，这一切都是设计好的舞步，都是按计划发生的。某个人的计划。"

"谁？"

斯佩克特握着手杖的银杖顶，坐在桌角上。"不知道。"

弗林特抬起头。从侧面看，斯佩克特垂着头，神情沮丧。承认自己的无能为力对斯佩克特来说一定很难，同时也令弗林特感到不安。看到永远精力充沛的老魔术师露出脆弱的一面，他就像第一次面对自己的死亡。

"不过，"斯佩克特最后说，"我现在确信，最近发生的一切是相互关联的，形成一张错综复杂的网。有好几份档案从柜子里消失，大概是被烧掉了。但有一份档案还在。显然，有人把它放在桌上，就在你眼前。你还记得埃奇莫尔扼杀犯的案子吧？"

弗林特记得。一家旅店的老板在一年里勒死了六个年轻女人，把尸体分散丢弃在埃奇莫尔荒野上。

"可当时督办此案的法官叫什么，你也许不记得了，"斯佩克特继续说道，"他就是贾尔斯·德鲁里。"

此时，疗养院已经挤满了调查人员。芬德勒医生站在惨死的托马斯·格里芬旁边，表情严肃地摇着头。负责给犯罪现场拍照的摄影师按下快门，镁光灯短暂地照亮了死者的恐怖面孔。即使死了，格里芬仍然傲慢地抬着下巴。

弗林特对胡克说："至少，他们不能把这一桩命案嫁祸给阿瑟·科斯格罗夫。"

"你说什么，探长？"

"没什么。我想知道蒙克里夫医生在哪儿，胡克。毕竟，这是他的疗养院。"

"他在本赫斯特，探长，在警局。"

弗林特发出尖锐的、毫无幽默感的笑声。"我们不能让这位好医生久等，不是吗？让车子热起来，胡克。"

出发前，弗林特回到那条血腥的走廊。斯佩克特正在依次检查三个打开的房间。

"当中那间是西尔维厄斯的，"弗林特对他说，"不管怎样，胡克说蒙克里夫在本赫斯特警察局等我。我们在这里做不了什么了，搜捕也已经开始。你要一起去吗？"

"现在不去，"斯佩克特心不在焉地回答，"我要做别的事。告诉我，卡罗琳·西尔维厄斯在哪儿？"

"她应该在警局，由一名警员照看着。她受到了惊吓。怎么了？你觉得她有嫌疑？"

"我想，"斯佩克特说，"你最好让她暂时待在那里。"

以比来时慢得多的车速，弗林特和胡克回到本赫斯特。

风雪终于有停止的趋势。虽然本赫斯特的街道被积雪覆盖，但降雪已经减弱。此时将近凌晨三点钟，弗林特大步走进已经忙碌起来的本赫斯特警察局。他见到的第一个人是卡罗琳·西尔维厄斯。她带着恳求的目光朝他走来。"弗林特先生，你找到他了吗？"

"还没有，请你和胡克警官待在一起。我去去就来。"

她不情愿地让开了。弗林特走向一间角落办公室——警局里最安静的地方——贾斯珀·蒙克里夫在里面。

蒙克里夫和弗林特握了手，前者似乎真的没有料到疗养院会发生如此骇人听闻之事。弗林特上下打量他，杰弗里·弗拉克被杀那天他们错过了，这是他与这位医生的第一次会面。他和斯佩克特描述的一样：优雅、斯文、从容不迫。

"弗林特先生，怎么会发生这种事?"这是他的第一个问题。

"这也是我想问你的。长期住在疗养院里的三个人同时逃出去了，这是严重的失职，不是吗?"

"我不是会逃避责任的人，弗林特先生，对此你可以放心。活下来的护工会得到照顾，格里芬的遗孀也会获得高额赔偿。"

"你认识格里芬的遗孀?"弗林特马上问道。

"从没见过。我们好像跑题了。"

"的确。这一晚上你在哪儿，先生?"

"我在伦敦，在一位患者家里。我听到消息就赶了过来。"

"你能提供患者的姓名吗?"

"不能。"

弗林特叹了一口气:"有人能证明你不在场吗?"

"那位患者可以证明。"

"其他人呢?"

"不能。"

"好吧。我只了解维克多·西尔维厄斯的病史，请你告诉我另外两个在逃病人的情况。"

"都是男性，这一点不用说。此外，他们都有暴力倾向，药物通常能使他们保持温顺。"

"负责让他们服药的人是谁?"

"通常是，呃……格里芬，在诊疗以外的时间，他们一直由他看护。"

"有没有停药的可能?"

"不! 不可能。至少，我认为不可能。"

"那他们是怎么精心策划了这一次的逃跑?"

"我……我也想知道。"

弗林特叹着气，结束了谈话。他找到了卡罗琳·西尔维厄斯。她独自坐在附近的长椅上，双手不安地绞扭着一条手帕，仍然穿着那件不合身的大衣，几绺头发随意垂在脸上。她凝视着面前的空气，过了一会儿才意识到弗林特来了。

"哎，"她终于开口说，"糟糕透了。"

"你现在一定很痛苦吧。"

"是啊，"她心不在焉地说，"我想想就打冷战，恐怕我再也不会感到温暖了。"她把大衣拢得更紧。

"西尔维厄斯小姐，"他说着在她身旁坐下来，"你想跟我说什么？"

"弗林特先生，"她说，"你能找到我哥哥吗？"

"我会竭尽全力。不过，我想知道你为什么在格兰奇。"

"因为我在老公羊酒馆接到一通电话。老板娘来找我，她说有一位先生要和我通话。当我拿起听筒时，立刻听出了对方的声音，是维克多。他对我说：'没事了，妹妹，一切都会好起来的。'我不知道他指的是什么，可是他打电话这件事就已经让我感到不安了。我让他留在原地，我会去找他，我非常着急。可是电话断了，我们没能说上更多话。"

"那他是如何知道你待在哪里的？"

"我不知道。"

"于是你去了疗养院，发现门开着，病人失踪，托马斯·格里芬死了。"

卡罗琳用手捂着眼睛，不想让他看到自己哭了。"弗林特探长，"她说，"请找到我哥哥。"

第十四章　不速之客

白衣人长途跋涉，终于来到了马奇班克斯。他的披肩长发在寒风中飞舞，他的眼睛里燃烧着仇恨的火焰。他走了几个小时，受尽风雪折磨，终于来到了敌人的家门口。终于，正义将得到伸张。

他怀着期待靠近宅邸，他的心怦怦直跳。

红木前门牢不可破，他踢开了侧门，进了屋。

他已经许多年没有把脚放在柔软的地毯上，没有见过古老的油画和雕花玻璃吊灯。马奇班克斯是另一个世界，一个古老、温和的世界。他轻手轻脚地从一个房间走到另一个房间，像一个有礼貌的、好奇的游客，在探索一片奇妙而古老的土地。

房子里几乎没有灯光，他像影子一样无声而敏捷地移动，偶尔停下来，欣赏一件特别吸引人的古董。每个无人的房间都让他的愤怒更加强烈。这种愤怒在他心里酝酿了很长时间。当他被关起来，终日盯着墙壁时，他并没有充分意识到自己有多愤怒。现在，他知道了。

他活动了一下手指关节，准备干活了。

他来到门厅，经过客厅、台球室、音乐室和餐厅，每个房间都亮着灯，不见一个人。当他经过关着门的书房时，他看到下方门缝里露出了黄色光线。

他转动黄铜把手，闪身进了房间。

"法官大人，"他轻声说道，"我一直在等这一天……"话音停住了，因为他看见了坐在扶手椅上的人。

"放心，"约瑟夫·斯佩克特说道，"我不会伤害你。"

事实证明，埃奇莫尔扼杀犯是一个温和有礼貌的人。他接受了斯佩克特的提议，两个人坐在客厅里，一边喝茶，一边等警察上门。

斯佩克特问他是怎么找到这里的。埃奇莫尔扼杀犯带着微笑，从裤兜里取出一张纸条。

"很容易，"他说，"我遇到的人都很热心。"

斯佩克特接过纸条，仔细察看。"这是谁给你的？"

扼杀犯耸耸肩："一个恩人。"

纸条上是手写的三行文字：

贾尔斯·德鲁里爵士

马奇班克斯

本赫斯特附近

"我能留着吗？"

"请便，"扼杀犯说，"我已经用不上了。"

"我有许多问题要问你。"斯佩克特说。跳动的火光照着他的脸，让他看起来像一个微笑的恶魔。

"问吧。"扼杀犯说道，喝了一小口茶。

"本人的好奇心非比寻常。"

"这是我们的共同点。"

斯佩克特带着更明显的笑意说："我们的思想和其他人完全不同。你要是知道我们有多少相同点，一定会觉得惊讶。不过，现在恐怕不是谈论这个的时候。你的病友们还在风雪里奔波。"

扼杀犯想了想。"外面太冷了。"他说。

"听说你们经常隔着墙说话。"

扼杀犯摇了摇头："只有维克多，只有他说话。另一个家伙——我想是一个纵火犯——从不开口。不过，维克多也消沉过一段时间，那时候他经常陷入沉默，让我以为是自己做错了什么……"

"你知道他可能去哪儿吗？"

扼杀犯摇了摇头。他把茶杯和茶碟放在书桌上，调整姿势，端正地坐着。在见到警察之前，他似乎已经感觉到他们的气息。他的身体绷紧了，但很快又松弛下来。他知道，抵抗没有意义。胡克从黑暗中现身，给他戴上了手铐。

当他被带走时，弗林特帮忙拉开了书房门。

"谢谢。"扼杀犯说。

藏身于地下室的德鲁里一家和宅邸里的其他人出现在门厅，他们挨个从埃奇莫尔扼杀犯身边走过去，怀着不同程度的好奇心打量他一眼，然后去了客厅。

很快，门厅里只剩下弗林特和斯佩克特。"干得好，斯佩克特。"探长说道。

"我想，放走除西尔维厄斯以外的另外两名囚犯一定有原因。"

"什么原因？"

"为了占用我们的人手。和西尔维厄斯一样，埃奇莫尔扼杀犯对贾尔斯爵士怀恨在心。释放他和安伯盖特纵火犯会使我们转移注意力，给西尔维厄斯争取逃跑时间。"

"这么说，你认为西尔维厄斯是主谋？"

斯佩克特不置可否："这么说吧，不管是谁策划了这场出逃，目的都是拖住我们。至于此人是维克多·西尔维厄斯本人还是另一个身份不明的罪犯，还有待观察。"

"卡罗琳·西尔维厄斯呢？"

"好问题，可以说是很关键的问题。胡克把她领到本赫斯特警察局了，对吧？"

"是的。"

"在我们弄清真相之前，让她在那儿待着。"

弗林特抱怨道："还要花多长时间，斯佩克特？案情扑朔迷离，像蜘蛛网一样。我不知道这些事情是怎么联系到一起的。"

"你提到了蜘蛛网，真有趣，这也是我偏爱的比喻。弗林特，你要记住，蜘蛛网的中心永远有一只蜘蛛。"

"蒙克里夫说他昨晚在伦敦。"

斯佩克特笑着说："意料之中，一定会有许多悲剧人跳出来为他做证。"

弗林特眯起眼睛："你觉得他有嫌疑？"

"也许有，但我持怀疑态度。相反，我认为罪犯只是利用了蒙克里夫对下属的信任。毕竟，用你的话说，在格兰奇'当家作主'的人是格里芬，不是吗？"

弗林特耸耸肩，说道："看上去是那样。我不喜欢他的做派。可不管怎样，没有人应该那样惨死。"

"没错。安伯盖特纵火犯呢？"

"我的一个下属在本赫斯特的路边发现了他。他冻死了，真是讽刺。我们从埃奇莫尔扼杀犯那里没有得到任何线索。他'没看见'把他放出来的人，而且格里芬当时已经死在走廊里了。"

"我愿意相信他，"斯佩克特说，"毕竟他的白衣服很干净。杀死格里芬的人一定浑身是血。"

"嗯。另外两名护工什么都不知道，看起来是被下了药。"

"哈！"斯佩克特用瘦削的食指点了一下空气，"线索出现了。"

"什么线索？"

"线索是一个问题，而这个问题本身就能说明问题，"见弗林特现出怒容，斯佩克特解释道，"凶手给另外两名护工下药，有意避免伤害他们，却野蛮地虐杀格里芬。为什么？"

"我想是为了复仇。他虐待过三个病人。"

"是的。不过，在这种情况下，我认为三个护工都被杀死的可能性更大。所以问题不是为什么杀死格里芬，而是为什么放过其他人。"

"对了，"斯佩克特①说，"笔迹是一样的。"他从大衣兜里取出两张纸：一张是有人从门缝里塞给埃奇莫尔扼杀犯的；另一张是埃尔斯佩思女士和斯佩克特第一次见面时交给他的恐吓信，信上用绿墨水写着：**杀人犯，等着遭报应吧**。

斯佩克特来回看着两张纸条，笑着说："就快破案了，弗林特。我知道看起来不像，但你必须相信我。明天这个时候，我们就能抓到凶手。"

这时，安布罗斯·德鲁里气冲冲地来到门厅。"够了！"他喊道，"我受不了这些可怕的悄悄话和秘密，忍无可忍。"

伦纳德跟着他走出来。"我替我弟弟道歉，"他说，"他还没有戒掉偷听的恶习……"

一时间，所有人都进入门厅——贾尔斯爵士和埃尔斯佩思女士，还有兰塞布尔太太。

安布罗斯吸引了大家的注意力。"我受够了，"他喊道，"你们听

① 此处原文 Flint，应是笔误。

到了吗？发生了这些可怕的事，为什么我们要待在这间该死的房子里，等着凶手把我们一个一个除掉？太愚蠢了。"

"德鲁里先生，"弗林特说道，"请你冷静下来。"

"不！"艺术家愤怒地说，"我做不到！事情已经拖得够久了……"

伦纳德伸手揽住他弟弟的肩膀，却被安布罗斯挣开了。"这是你的错，"他责备道，"都是你的错，伦纳德。"

他伸手推开伦纳德，向门口冲去。

"弗林特，"斯佩克特厉声说，"快追上去。"

弗林特已经行动起来了。他顶着寒风，在雪地上沿着安布罗斯的脚印追上去，绕到宅邸侧面，奔向车库。

弗林特赶到车库时，正好看到安布罗斯跳进蓝色布加迪。引擎发出野兽般的轰鸣，跑车像鱼雷一样呼啸而过，飞速旋转的车轮将雪块和碎石震得四处飞溅。

安布罗斯在车道尽头转动方向盘，轮胎擦过地面，伴随尖锐的声音，布加迪驶上了公路。

弗林特转过身，看到斯佩克特正向他走来。"看，"老魔术师手里拿着一把钥匙说，"我向伦纳德借的。我们不能让他跑了。"

两个人钻进伦纳德的奥斯汀，追了出去，黑暗被两道车前灯的光束刺破。"到底是怎么回事？"弗林特在引擎的轰鸣声中问道。

"他想逃跑，弗林特，"斯佩克特回答，"他知道他完了。"

第十五章　临阵退缩

—

"完了？你在说什么？"

此时，布加迪领先他们足有一英里，纤细的车辙在积雪的道路上清晰可见。

"他知道我盯上他了。他知道我发现了。"

"你到底发现了什么？"

"他杀了杰弗里·弗拉克。"

弗林特陷入沉默。前方是两个危险的急转弯，他必须非常小心，避免把奥斯汀开进水沟里。

"注意路况，"斯佩克特说，"我来告诉你是怎么回事。"

除了车子正在驶向伦敦以外，他们完全不知道安布罗斯接下去的计划。弗林特目不转睛，顺从地盯着路面，听魔术师逐步揭开真相。

"第一条线索是霰弹枪，"斯佩克特徐徐道来，"当我意识到水沟里的霰弹枪不是凶器时，我的第一个问题是：为什么？显然，有人希望我们认为那把枪就是凶器。那么，他为什么不摆出真正的凶器？我想，也许是因为凶器会泄露他的作案手法。于是我认定，凶手之所以抛出假凶器，是因为他改装了真正的凶器。这是我整理出的第一条线索。

"第二条线索是案发后我在宅邸外面发现的。我站在死者房间的窗户下面，吃惊地发现，那里的雪很平整，没有任何脚印。不过，我吃惊的原因和你想的也许不同——我说的不是凶手的脚印，而是我自己的。我之前去过那片草地，在积雪上留下了一串清晰的脚印。在那之后没有下过雪，所以脚印不会自然而然地被雪覆盖。这说明，是凶手掩盖了脚印，尽管他也许不是有意为之。

"另一条线索是我在案发房间检查'变形的'窗户时发现的。实际上，木窗框非常平整，并没有变形。那么，为什么窗户打不开呢？我们无法知道窗户在案发前是否正常，但是结合凶器的消失以及窗下雪地上脚印的消失，我认为答案是肯定的。所以，最接近真相的结论可能是，凶手在行凶后封住了窗户。接着，我想到，如果窗户就是谋杀装置的一部分呢？如果枪击不是发生在屋内或屋外，而是发生在内外分界处呢？

"你这样想，凶手为什么想让我们认为他在不可能做到的情况下凭空消失？很简单——他不想这样。这种'不可能'并不是他故意设计的。这说明凶手虽然想象力丰富，但缺乏经验。按道理，他作案后应该让窗户开着。这样一来，我们就会认为凶手翻出窗户，从草坪上逃跑了。"

"等一下，"弗林特说，"即使窗户开着，我们的结论也是他没有经过草坪，因为雪地上没有痕迹。"

"是的。我正要说到这一点，被你抢先了。这是作案计划的另一个瑕疵。凶手的犯罪时机是完美的，但犯罪计划并不完美。构想一下：把一把双管霰弹枪的枪管从窗户外面伸进屋里，枪口朝内。这样的杀人装置很好布置，把窗户抬起几英寸，夹住枪管即可。不过，巧妙的地方在于凶手要在不触碰凶器的情况下开枪。怎样做呢？很简单，在窗户下方的地面上操作。他只需要拧下扳机，在撞针上系一根线，再通过拉拽从窗口垂下的线来发射子弹。后坐力使凶器从窗口飞出，掉在地上。凶手只需要回收凶器，丢进事先挖好的洞里，然后把洞盖住，把表面的雪弄平。大概十秒钟以内就能做完整件事。

"不过，他在这个过程中犯了第一个错误。他应该想办法支起楼上的窗扇，使窗户不会在开枪后因为后坐力自动关闭。在霰弹枪的后坐力和重力的作用下，原本确保窗扇上下滑动的边框衬板裂开了。这意味着窗扇不再与窗框保持平行，因此无法滑动。也就是说，凶手无意中把窗户从外面封住了。

"我们考虑到天气和房龄，自然以为是窗框变形了。实际上，窗框没有变形，而是嵌在窗框里的窗扇受力之后发生了错位。"

"很有说服力，"弗林特接住话头，"但你没有解释原因。据我所知，唯一有动机杀死弗拉克的人是科斯格罗夫……"

"我有一个假设，只是还不便谈论细节，因为这个假设涉及太多因素。弗林特，现阶段，你知道凶手的作案方法就足够了。"

弗林特咽下了对斯佩克特的各种咒骂。他说："你说的作案方法还不完整。他怎么在地上瞄准目标？"

"通过声音瞄准。"

"什么声音？"

"头顶的脚步声。实际上，只有一个人可能是凶手，那就是安布罗斯。他的画室就在案发房间的正下方。我去画室找他时，我和他都听到松动的地板被踩得嘎吱作响，当时芬德勒医生正在检查窗户。我想，他一直在画室里等待，听到楼上传来脚步声后，就打开落地窗，到外面拉线，开了致死的一枪。他不需要担心瞄不准，霰弹枪近距离发射，在子弹散布的范围内，任何人都难逃一死。

"还有一条线索——安布罗斯说，我们去教堂的这段时间里，他在画画。当天上午出发前，我看到了他那幅油画。案发后再见到他时，我又仔细观察了油画，发现颜料完全干了；换句话说，跟我去教堂前看到的不是同一幅画。他完成了一幅画，又复制了一幅作为不在场证明。如果家里其他人外出期间他不是在画画，那他一定是在做其他事情，也就是摆放杀人装置，以及在窗户下方挖了一个洞。

"安布罗斯能大胆地想象，却缺乏贯彻计划的耐心和常识。他的谋杀计划只成功了一半。当天上午，他在我们去教堂后做好了布置。当然，他在更早的时候就已经制订了计划。唯一的问题是，他没有充分考虑可能影响计划的变数。因此，我们现在要把一个愚蠢的、半生不熟的计划拼凑起来。这起不可能犯罪原本不应该是不可能犯罪。"

"还有一个问题。阿瑟·科斯格罗夫，他怎么会在本赫斯特？"

"很简单。有人邀请他。他收到了一封匿名信，和困扰贾尔斯爵士的恐吓信相似。虽然科斯格罗夫永远不会承认，而且应该早已把信烧了，但是我敢打赌，信上说的是，如果他在指定日期来到本赫斯特，他就会见到应该为他妻子的死负责的人。安布罗斯不确定这封信是否有用，但他愿意冒险。我还认为，本赫斯特警察局接到的举报电话也是他打的。"

"这是否意味着恐吓信也是他写的？"

"不，不，不。绝对不是，其实……"

斯佩克特话没说完，就见安布罗斯的布加迪拐进了索霍区的一条小路，在刺耳的声音中停下来。

"快，弗林特！"斯佩克特厉声说道，然后以不逊于杂技演员的敏捷跳下车，动作完全不符合他的年龄。

长手长脚的安布罗斯·德鲁里没有以平常那种笨拙的姿势钻出汽

车，他仍然坐在车里。弗林特和斯佩克特走近布加迪，安布罗斯侧头看向他们。他的表情变得奇怪起来，似乎突然感到一阵强烈的不适。

"这到底……"弗林特低声说。

安布罗斯的皮肤逐渐变成深红色。他的身体在座位上扭来扭去，像正在发脾气的骡马。他开始口吐白沫。

弗林特和斯佩克特惊恐地看着这一幕，却无能为力。安布罗斯·德鲁里死了。他直挺挺地坐在他所珍爱的布加迪汽车的驾驶座上，头向后仰着。

二

苏格兰场的病理学家芬德勒似乎不需要睡眠。他用了大半个晚上登记托马斯·格里芬惨死后的尸检情况，紧接着又出现在索霍区的犯罪现场，看上去依然精力充沛。

曙光消失之后的天空是灰色的，像老照片一样。附近的居民对发出吱吱声的布加迪产生了兴趣，但赶到现场的警察很快驱散人群，封锁了街道两头。

"先生们，有一件事我很清楚，"芬德勒说道，"你们还活着就是幸运的。"

"为什么?"弗林特问道。

"这个小伙子死于恶毒的电力谋杀装置。他的布加迪被改造成带轮子的电椅。"

"怎么可能?"

"比你想的要简单。在车底塞入金属片，用线夹连接金属片与汽车电池，由此给布加迪的车身通电，形成致命回路。当安布罗斯发动引擎时，他无意中连好了这个回路。开车时不会接触金属车身，也就不会触电。当他下车时，他的手自然要接触车门。他就是在此时触电身亡的。不过，这个地点很奇怪，"芬德勒继续说道，"就在这条街的另一头，昨天晚上有人自杀。那个小伙子大约十九岁，和这位德鲁里先生同龄。"

"哦，是吗？"弗林特随口说道，对此不太感兴趣。

斯佩克特却朝病理学家走近了一步。"和安布罗斯同龄？他叫什么名字？"

芬德勒怔住了，眨了眨眼，回答道："卢多·昆特雷尔-韦伯。"

"昆特雷尔-韦伯？和那位议员有关系吗？"

"是他的儿子，"芬德勒点头，"怎么了？你认为他和德鲁里家的命案有关？"

"你想到了什么，斯佩克特？"弗林特问道。

"告诉我，可怜的卢多是什么时候自杀的？"

"昨天晚上，大概十一点。从那边的屋顶坠楼，头朝下，脑浆在人行道上溅了一地。"

"在他身上找到什么了吗？比如遗书？"

"哦，是的。他的遗言非常啰唆，没什么有用信息。他无法原谅自己的所作所为，谁知道他干了什么。"

"我想我知道。"斯佩克特说道。

芬德勒困惑地看着弗林特和斯佩克特，最后说："你是说，昆特雷尔-韦伯与马奇班克斯发生的事有关？"

"我认为他是杰弗里·弗拉克谋杀案中的帮凶，但他在某种程度上对谋杀并不知情。昨天上午去教堂之前，我为了帮埃尔斯佩思女士取手套，回了宅邸一趟。当时，我看到女仆在楼上走廊里搬伦纳德的行李箱。下楼时，我听到安布罗斯在和一个叫卢多的人打电话。虽然那通电话的时长只有几秒，但安布罗斯提到了'受罚'。也许与赌博有关？我推测，安布罗斯要求卢多假扮阿瑟·科斯格罗夫。卢多之前一定在本赫斯特等他的指示。原本的计划是让他假装从南边的草坪上逃跑，消失在树林里，并且要被人看见。霰弹枪是安布罗斯——其实更有可能是伦纳德——提供的道具，也许是从谢珀顿的摄影棚借来的。我想，嫁祸给科斯格罗夫只是临时起意，这一步经不起仔细推敲。按照计划，目击者应该只会瞥见一个人影。也许，卢多认为整件事是一场大型恶作剧。他可能觉得他们推给科斯格罗夫的只是抢劫这样的小罪名。他可能不知道这是一场真实而残忍的谋杀。所以，当他真的听到枪声时，他惊慌失措，沿原路逃跑了，而不是按计划穿过南边的草坪再消失。伦纳德看见并且认出了他。当他听到杰弗里·弗拉克的死讯时，负罪感让他无法承受。他也不敢去警察局认罪……"

"所以他选择了寻短见，"弗林特替他说完，"说得通，但我无法认同。我是说，怎么确定事实就是这样的，斯佩克特？"

"我不能确定。我知道一些关键事实，其他都是推测。不过，证明起来并不难。首先，你可以把卢多的鞋子与弗拉克死后雪地上留下的鞋印进行对比。其次，他可能在那把被丢弃的枪上留下了指纹。即使没有以上证据，通过解读他的自杀遗言，我们也能进一步了解事实。"

弗林特打了个哈欠，转了转脖子。"真麻烦啊，斯佩克特，"他说，"这个案子真麻烦。你仍然认为是安布罗斯杀了杰弗里·弗拉克？"

"我确定。"

"现在，他又被人杀了。"

"是啊，而且是如此不合常理的手法！明明可以用更简单的方法杀死安布罗斯·德鲁里，你不觉得吗？凶手似乎故意给自己增加了难度。"

"老实说，"弗林特说，"我也这么想。如果他想用汽车杀人，为什么不直接割断刹车线？这样更快，更容易，风险也更低。"

斯佩克特眨了眨眼睛，说道："问得好，亲爱的弗林特，这是一个好问题。"

"那么，答案是什么？"见斯佩克特没有回答——他正在出神——弗林特感叹起自己的可怜，"当然，得由我来通知他的家人。"

"如果他们之中的某个人已经知道了，我不会感到惊讶。"斯佩克特终于说道。

三

回马奇班克斯之前，弗林特和斯佩克特决定先在附近的咖啡馆吃早餐。一个能看见命案现场的地方并不是理想的取暖和进食场所，但弗林特已经没有精力在乎这些。他的头在痛，滚圆的肚子也在抗议。他知道，如果不马上坐下来，他一定会瘫倒在地，就像近几日见到的尸体一样。

斯佩克特选择了店里最阴暗的角落，弗林特给自己点了熟食，给魔术师点了黑咖啡。斯佩克特坐在那里默默思索了大约两分钟，然后说："这是一个非常奇怪的案子，弗林特。"

"你说得太轻巧了。"

"我说的'奇怪'不是'无法解释'的意思，而是'古怪''荒诞'的意思。这是幻术中的幻术。和但丁的地狱循环类似，这里的幻术分为不同的层次。比如说，安布罗斯·德鲁里的被害几乎算不上幻术，马奇班克斯的每个人都能对布加迪动手脚，制造出这种简易杀人装置，每个人都可以。

"杰弗里·弗拉克的枪击案确实是幻术，但它执行得很拙劣，呈现出完全不同的样貌。

"西尔维斯特·芒克顿的遇刺则远非拙劣可以形容。我会说它执行得很漂亮。不过，要想弄清这个手法，我们首先需要弄清它到底是一个什么幻术。是时间问题，还是空间问题？这个诡计到底是凶手在拥有完美不在场证明的时刻实施了犯罪，还是把尸体放在了湖泊冰面的中央？是时间……"他摊开一只手掌，打了一个响指，凭空变出一只怀表，"还是空间？"

在倾听魔术师的独白时，乔治·弗林特感觉周围渐渐安静下来。这位老人拥有一种本领——他不仅具有迷人的嗓音，而且能将最昏暗的咖啡馆变成魔术殿堂，将最懒散的旁观者变成狂热的追随者。

"我个人倾向于后者，"斯佩克特继续说道，"我想，凶手用了某种手法，在小船周围的水面上冻之后把尸体放到了船上。这能消除所有的不在场证明，还能解释为什么凶手会用到那把刀。但是，他是怎么做到的呢？也许是哈里·凯勒'卡纳克公主悬浮术'的翻版？或者……"

他停下来，似乎在思考什么事情。弗林特满怀期待地看着他。这时，斯佩克特从上衣兜里掏出了一样小东西。荒谬的是，那是一枚鸡蛋。他把鸡蛋放在手掌上，递给弗林特。

"拿起来，弗林特。检查一下。"

弗林特照做了。这是一枚普通的白鸡蛋，上面有少量斑点。

"现在把它还给我。"

弗林特把它放回斯佩克特的手掌上。斯佩克特轻轻地把鸡蛋在两只手之间来回抛掷，仿佛那是一只他即将扔出去的手榴弹。然后，他突然轻拍双手，鸡蛋不见了。他伸出两只手，好让弗林特看到，他的手上没有留下任何蛋黄和蛋壳的痕迹。

"你的衣兜，"他提示道，"右侧兜。"

弗林特翻了翻，拿出了完好无损的鸡蛋。"你到底是怎样做到的？你是怎样把它放到我兜里的？"

"这是不可能的事，"斯佩克特笑道，"它没有这个案子重要，却和案子一样令人费解，不是吗？不过，弗林特，同我展示给你的其他手法类似，它也是有含义的。看看你能不能发现这次的含义。"突然，他的表情变得非常严肃。"我想，我们正在接近终点。"

"你指什么？"

"案子，整件事的调查。如果处理得当，我们也许可以让凶手就范。"

弗林特不耐烦地等着他的培根和鸡蛋，说道："你不是说安布罗斯就是凶手吗？"

"他的确杀了杰弗里·弗拉克，可他没有杀托马斯·格里芬和格洛丽亚·克雷恩。"

"那么杀他们的人是谁？"

"我离真相已经很近了。凶手就在他们中间，就住在马奇班克斯。弗林特，你要直接回去吗？"

"是的，我要当面告知安布罗斯的死讯。"

斯佩克特若有所思地点头："很好，能不能帮我一个忙，朋友？"

"得看是什么事。"

"我今天必须处理几件事。我要拜访三个人，寻找一些问题的答案。之后，我会直接回马奇班克斯与你会合。在此期间，我希望你暂时别宣布安布罗斯的死讯。"

"啊？为什么？"

"我想逼凶手露出马脚。"

"我不知道怎么瞒住他的父母。"弗林特抗议道。

"时间不会很长，几个小时而已。你得确保那里人手充足。我感觉只差临门一脚了。"说完，斯佩克特从衣兜里取出一只金表，迎着光线看了一下时间。接着他打了一个响指，金表消失了。

弗林特疑惑地眨了眨眼。斯佩克特起身说："那么，下午见。"

"等一下！你要拜访的三个人是谁？"

"第一个是制片人贺拉斯·塔珀，第二个是前病理学家基思·瓦伦丁教授……"

"你是说你找到他了？"

"是的。"

"第三个人是谁？"

"暂时需要保密，"斯佩克特说，同时露出安抚性的笑容，"等着真相大白吧。"说完，他离开了咖啡馆。

弗林特已经将近四十八个小时没睡觉了，他喝完一杯咖啡，又点了一杯："要最浓的。"

第十六章　声音之城

在"谢珀顿声音之城"中穿行就像游走于梦境。胶合板搭建的意大利酒馆挨着巴黎餐厅，旁边还有中世纪城堡。每走进一扇门，意识仿佛就被切割一次。摄影棚本身是一个巨大的、像洞穴一样的仓库，里面到处都是电线，纵横交错的顶灯投下明晃晃的光线。

贺拉斯·塔珀坐在背面印有"制片人"字样的折叠帆布椅里。他面色不悦，正用严苛的目光监督一个场景的拍摄，嘴里叼着一支润湿的雪茄。

当前拍摄的一幕，发生在希律王的宴会厅里。一张木头长桌两头摆放着高背椅，占据了镜头里的画面，桌子上方的枝形吊灯上挂着一个年轻演员。塔珀正专注地监督拍摄，没注意到一个瘦削的黑衣人正从旁边的阴影里走出来。

当他发现时，对方已经站在他身后了。

"啊！"塔珀吓得大喊一声，雪茄从嘴里掉了出来。他捂着起伏的胸口说："老天，你差点把我吓死。你是谁？在这里干什么？"

约瑟夫·斯佩克特咧开嘴，露出两排整齐锋利的牙齿："你能听出我的声音吗，塔珀先生？"

"没事，各位，"塔珀告诉演员和工作人员，"虚惊一场。"然后他回头看着老人，后者的眼睛虽然颜色浅，但是目光很犀利。"你的声音很耳熟，我认识你吗？"

"我们通过电话。我叫约瑟夫·斯佩克特。"

塔珀反应过来："跟伦纳德·德鲁里有关？"

"瞧，你想起来了。我们能在安静的地方谈谈吗？"

"没时间。"塔珀说。他连手表也不看一眼，就把注意力放回片场。"再拍一遍。"他对演员们说道。

一只瘦削、冰冷的手按住了制片人的肩膀。"如果你能抽出时间，我会感激不尽。"

塔珀没有抵抗。"好吧，"他终于说道，"我们可以在拍摄决斗场面的同时谈话。"

"决斗，原来如此。请告诉我，挂在吊灯上的先生是谁？"

"施洗约翰，"塔珀低声解释道，"我们对莎乐美的故事做了一些改动。"

"佩剑的先生呢？"

"希律王。我们把决斗场面留到最后，当然是因为这一段情节最紧张。"

斯佩克特看着施洗约翰从吊灯上跳下来，砰的一声落在桌子上，然后抽出宝剑。两个人开始打斗，塔珀一边看一边点头。

"能找到我是你运气好，"他对斯佩克特说，目光并没有从演员身上移开，"我们今天下午拍完就要过圣诞了，摄影棚停工到1月1日。我很想拍完最后几个镜头，剪辑可以在市内的工作室进行。说吧，你有何贵干？"

"很遗憾，我带来了坏消息。"

"坏消息？什么坏消息？"

斯佩克特通报了安布罗斯·德鲁里的死讯。

"真可怕，"塔珀说，"是事故吧？"

"不是，"斯佩克特回答，"是谋杀。"

"谋杀？天哪。"

"我听说安布罗斯想走演艺之路。"

"没错。索霍区的帕尔米拉俱乐部举办了一场演艺界的舞会，他借此机会认识了我。你知道这件事吗？"

斯佩克特没有回答，而是追问道："他参加了面试，对吗？你给了他试镜的机会？"

"是的，"制片人耸耸肩，"我认为他在《塔拉里》中会有不俗的表现。那是我们《莎乐美》的续集。这类历史电影非常吸引人，安布罗斯身上有某种特质，符合角色。我发现他与《化身博士》中的弗雷德里克·马奇有些神似。我想挖掘并且在银幕上呈现人类返祖性的原始本能。"

"这么说，你想让他出演这个角色？"

"哦，当然。在伦纳德和安布罗斯之间，我会选择安布罗斯。他更加出彩。"

"但你之前已经和伦纳德签了电影合同。"

塔珀耸耸肩："伦纳德善于听从指令，但他不太友好——太冷漠——不适合当主角。"

斯佩克特看着摄影棚里的刀光剑影。"昨天，"他说，"安布罗斯收到一封信，信上说他的角色已经有人选了。"

塔珀在座位上转过身。"什么？"他看着斯佩克特的侧脸说。

"他以为信是你写的。"

"不是我。我正准备和他签约，只是没来得及敲定合同。现在我只能找别人来演了。"

"这么说，安布罗斯收到的信不是从你的办公室寄出的？"

塔珀摇头，然后冲着"希律王"吼道："拜托，老兄，不是这样！你想让我过去示范吗？"接着，他继续与斯佩克特对话，说："那么，你认为这件事意味着什么？有人欺骗安布罗斯？"

"如果你能确定那封信并非出自你的办公室……"

"有这种可能，"塔珀松了口，"但不是我写的。"

"我没有看到信的内容，但我注意到信纸印有公司抬头。"

塔珀耸耸肩："这说明不了什么。我的办公室里到处都是抬头纸，我家书房里也有一摞。"

"问题是，"斯佩克特一边说，一边若有所思地看着"施洗约翰"再次从插着蜡烛的吊灯上飞下来，"为什么会有人这样戏弄安布罗斯？"

"问得好，我也想不通。这么做很容易露馅，只要他给我打电话，我就会告诉他信是假的。在我看来，这就是一出愚蠢的恶作剧。"

"是的，"斯佩克特说，"看起来的确如此，不是吗？"

"你知道我怀疑谁吗？伦纳德。那家伙有一种扭曲的幽默感。这也是我不再欣赏他的原因之一。他有一种态度，仿佛别人都应该供他消遣。你知道，这种离经叛道在演员身上并不总是缺点，但也不是很大的魅力。告诉我，斯佩克特，"塔珀突然说，"马奇班克斯发生了什么？是不是有一个疯狂的杀手正在把他们一个一个地干掉？听上去就像《猫与金丝雀》的剧情。"

斯佩克特选择如实相告："我想，事情源于近十年前发生的一起事故。名叫格洛丽亚·克雷恩的年轻女人在贾尔斯爵士的家里中毒身亡。也许你记得这件事？"

"嗯，"塔珀说，"当时引起了大家的恐慌。"

"你当时是否去了马奇班克斯?"

"没有。不过,我记得那是一个悲惨的圣诞节,克雷恩死了,露丝·凯斯勒也不幸……"

"露丝·凯斯勒,"斯佩克特重复这个名字,"她是里奇蒙·凯斯勒的女儿,对吧?"

"看来你做过调查。"

"露丝·凯斯勒怎么了?"

"她死了,不过没什么疑点,是自然死亡。她的葬礼在克里克伍德举行,就在凯斯勒家的老宅附近。"

"里奇蒙·凯斯勒是悲剧人的成员,对吧?"

塔珀笑着点头:"年少无知时做的事,但我们乐在其中。"

"关于其他成员的情况,你可以透露一些给我吗?"

"无可奉告,朋友。这是规矩,违规者要么死,要么被脱裤子。不过,你可以说出你的看法,我会快速地点头或摇头。这样做就没问题了,对吧?"

"是的,"斯佩克特笑了笑,"我想,贾尔斯·德鲁里爵士和贾斯珀·蒙克里夫医生也是俱乐部成员。"

塔珀点头。

"你能告诉我里奇蒙·凯斯勒是什么时候死的吗?"

塔珀没有顾虑地说:"是……1925 年,如果我没记错的话。死于心脏病,这是我没想到的。至少,他看上去一直都很健康。他也是一个正派人。自然,他的死让她的女儿失去了依靠。"

"他的女儿就是刚才提到的露丝?"

"是的。她厌恶凯斯勒的弟弟。露丝当时十几岁,她意识到丹尼尔·凯斯勒就是一个依靠兄长生存的寄生虫。为了给他的弟弟解困,里奇蒙经常向其他悲剧人成员求助。"

"里奇蒙去世后，丹尼尔·凯斯勒怎么样了？"

塔珀想了想，说："据我所知，他成为露丝的监护人，直到她满二十一岁。当然，他那时已经把家产全部夺走，卖掉宅子，搬到了霍尔本区的小公寓里。斯佩克特，这和德鲁里家有什么关系？"

"没关系，"魔术师回答道，"但我很感兴趣。告诉我，她继承的遗产多吗？"

"老实说，这有点超出我的专业范围。想了解细节，你需要找律师。不过我想，里奇蒙留给露丝的钱是委托他人代管的。"

"我想，丹尼尔·凯斯勒掌管着钱袋子。"

塔珀耸耸肩："应该是吧。"

"后来，"斯佩克特若有所思地说，"露丝死了。"

"没错，阑尾破裂，很可怜。"

斯佩克特凑近了一些，带着对死亡的痴迷问道："有没有可能是谋杀？"

"哦，不，"塔珀笑了笑，"不可能。我想，阑尾破裂是很难造假的。拜托！"他突然跳起来，朝"施洗约翰"怒吼，"你是在为生命战斗，不是在跳林迪舞……"

当他回头时，斯佩克特已经消失了。

第十七章　不停旋转的轮盘

罗杰·瓦伦丁教授虽然年老体衰，眼睛却炯炯有神。当斯佩克特进屋时，他虽然没有站起来，但他的脸上露出了惊喜和好奇。

"谢谢你来看我。"他说话有点慢，有点模糊，是最近中风的后遗症。

"希望你不介意我的叨扰，教授。"关于瓦伦丁教授的现状众说纷纭，然而寻找他的下落其实比较容易。他从未结婚，在一栋乡村小屋里独居了近六十年，在伦敦有一套可供临时居住的公寓。只不过他最近病倒了，在医院住了几个星期。人们认为独居生活不再适合他。所以，他被迫结束隐居，住进了克里克伍德疗养院，由古板的护士和喋喋不休的护工照料。当表情阴郁的护士带着斯佩克特穿过走廊时，他想，这里与格兰奇没有太大区别。

"现在没有人叫我教授了。"瓦伦丁说，看上去并不为此感到烦恼。"这里的护士不知道我是谁，他们叫我瓦伦丁先生。我想，总比直呼姓名好一些。他们不知道我是谁——不知道我过去是谁，"他自己纠正道，"你知道，斯佩克特先生，报纸过去说我是全英格兰最有权势的人。我的专家证词可以左右被告的生死。"

"的确，"斯佩克特说，"你承担了很大的责任。"

"可怕的、令人畏惧的责任，足以把人逼疯。最后，"他露出微笑，"我的确疯了。"

斯佩克特在床边的木椅上坐下来。"我年轻时见过一些疯子。你和他们不一样。"

"过奖了。我猜，你想聊我经手的某个案子?"

斯佩克特说："你大概能猜到是哪一个。"

瓦伦丁点头："格洛丽亚·克雷恩。我当时就知道我完蛋了。本来应该很容易得出结论，我年轻时闭着眼睛就能解决。可是那个案子里的矛盾不容忽视。不可能是自杀，又不可能是谋杀，也不可能是事故。整个案子就像一个轮盘，在不停地旋转。"

"最终被定性为自杀。"

"哈!"瓦伦丁冷笑道，"那是芬德勒的结论，不是我的结论。你知道，我一直看不上那家伙。他的野心始终胜过他的能力，总想把脏手伸向我的工作，可他只能当个文员。"

"你为什么确信格洛丽亚·克雷恩不是自杀?"

"如果你看过档案，你就应该明白。我在她的身体里发现了士的宁，两毫克。虽然用士的宁自杀的先例不是没有，但比较罕见。我最初认为，她原本的目的是堕胎，却把剂量弄错了。某些小诊所的医生会给粗心又绝望的年轻女人开这种药。不过，这个假设很快就被推翻了，因为她没有怀孕。"

"你还没有解释，为什么确信她不是自杀。"

"因为在我看来，不可能是自杀。在士的宁、砷和氰化物这三种最容易获取、最常用的毒药之中，最不可能选的就是士的宁。这种毒药的中毒过程最痛苦，持续时间最长;并且由于毒性最低，并不能保证死亡，有陷入脑死亡状态的风险。"

"格洛丽亚·克雷恩也许不知道。"

"的确。可既然她已经清楚致死剂量，那她也一定了解中毒后的痛苦症状，包括牙关紧闭、强直性痉挛。你知道，我出生在布莱顿，我对'巧克力糖杀手'克里斯蒂安娜·埃德蒙兹记忆犹新。我很幸运，从没接触过她的毒糖果，可就是她的案子使我对法医学产生了兴趣。她的情人查尔斯·比尔德是我们的家庭医生。

"我刚入行时，我的导师是非常优秀的验尸官阿瑟尔斯坦·布拉克斯顿·希克斯。在我最早经手的一批案子里，兰贝斯毒杀犯托马斯·尼尔·克里姆就是凶手之一，他用士的宁毒杀了多名妓女。所以，斯佩克特先生，我想我非常了解士的宁。"

"很好，"斯佩克特说，"那么就是谋杀。"

"我自然得出了这个结论，"瓦伦丁承认道，"但仍然不对。德鲁里家的晚餐九点半左右结束，大约十五分钟后，受害者称腹内不适上床休息。士的宁中毒者不超过三十分钟就会有症状——这意味着毒被下在甜点里。不过，当晚的葡萄酒蛋糕是装在一个玻璃碗里端上桌的，配了一把公用的长柄勺；葡萄酒也是从同一个酒瓶里倒出来的。你无法确定凶手是怎样给受害者下毒的。我只能确定毒药是被吃进去的。"

"也许凶手用巧妙的手法把毒胶囊扔进了她的酒里？"

"这正是我接下来的猜想。然而，管家和几名女仆一直在桌旁伺候晚餐。她们一口咬定，不管是餐桌上，还是餐桌周围，没有任何人有过任何可疑动作。管家的回答尤其明确，她的陈述都记录在案，我相信你已经看过了。所以……"他惆怅地说，"我还有什么选择呢？"

瓦伦丁教授看向斯佩克特，吃惊地发现，魔术师正在走神。"斯佩克特？"

"没有选择，"斯佩克特像说梦话一般回应道，"根本没有选择。失陪了，教授。"他说着匆忙起身，和来时一样迅速地消失了。老教授不禁怀疑，这场古怪的拜访是否真的发生过。

第十八章　如何在演艺界出人头地

一

"奈廷格尔。"有人压低声音喊道，是伦纳德·德鲁里。年轻演员把卧室的红木门拉开了一条缝，正向外窥视。他的声音似乎变了，比平时更尖细，透露出他的紧张。

"怎么了，先生？"

奈廷格尔从楼梯口悄悄走过去，发现伦纳德正在往行李箱里塞衬衫，空空的袖管耷拉在鼓鼓囊囊的箱子外面。

"你没事吧，德鲁里先生？"

"你觉得呢，奈廷格尔？"伦纳德不耐烦地说。他已经失去了常态。当然，这并不奇怪。此时不仅外面冰天雪地，宅邸内也充斥着危险气息。走廊里的每一声回响都像恐怖的叫喊，地板每一次吱嘎作响都像在提示袭击者的靠近。这个地方不安全。

伦纳德暂时从手忙脚乱中冷静下来，缓了一口气，转身看着彼得，说："我要离开这里，奈廷格尔。这里很不对劲。"

"先生，这里一天二十四个小时都有警察警戒。我不认为……"

"别说了，奈廷格尔，被你说服就不好了。离开是唯一的选择。"

两个人都沉默下来。彼得·奈廷格尔看着雇主，后者似乎只剩下躯壳，几乎让人为他感到难过。

"听着，彼得，"伦纳德继续说道，平时不常用的称呼说明了事情的严重性，"我们相处得很好，不是吗？我是说，你是一个值得信任的人。突然发生了这些疯狂的事情，你一定很受冲击吧？"

"我想是的。"

"我能相信你，对吧？如果我告诉你一些事，你一定不会泄密，对吧？"

伦纳德越说越激动，额头上渗出了汗珠。他似乎正处于发狂的边缘。

为了控制局面，彼得镇定地说："你能相信我，德鲁里先生。"

"好，"伦纳德突然下定了决心似的，砰的一声合上行李箱，任由几只袖子露在外面，"我必须告诉某个人，比如你。是的，实际上，我觉得你很合适。你知道我那些肮脏的秘密，不是吗？全部都知道，除了一个。不过你首先要为我做一件事。你去叫一辆出租车，用书房里的电话，能帮我这个忙吗？"

奈廷格尔带着疑虑问："你确定吗，先生？"

"确定。我要和兰塞布尔说句话，你现在去打电话吧。你回来时，我会告诉你所有事情。"

奈廷格尔忍不住提出另一个问题："到底要告诉我什么，先生？"

伦纳德歇斯底里地笑起来："全部。再不说出来，我就要疯了。我不在乎你听到之后会怎么做。你可以告诉警察，或者随便告诉谁。你甚至可以告诉邪恶的老斯佩克特。我现在别无选择，只能做一件事，奈廷格尔，那就是坦白。"

二

12点31分，弗林特在本赫斯特火车站下车，脑子里充斥着疑问、缺失的线索和完全不可能的事。他希望斯佩克特能和他同行，这样可以减轻他的担忧。他感觉局面会进一步失控。

在从本赫斯特走到马奇班克斯的大约半英里的路上，他想到了维克多·西尔维厄斯。那个几天前看起来面善的人，此时正在乡间游荡。他是最后一个逃犯，唯一逃脱的人。

看到坐落在坡顶的马奇班克斯时，他感到一阵熟悉的不安。不可否认，这个地方有点诡异特殊。它与外界隔绝，远离现实。在这里，什么都可能发生，而且的确发生了。

他踩着安布罗斯的布加迪留下的车辙，经过了再次结冰的湖泊，抬头去看发生谋杀的那个房间的窗户——杰弗里·弗拉克在那里被打穿了肚子。

他想，这所宅子，这所凶宅，它需要的不是侦探，而是牧师。他按响门铃，摘下帽子虽然感觉很冷，但他的手掌是汗涔涔的。兰塞布尔太太应了门。弗林特正要说出准备好的借口，管家就打断了他。

"谢天谢地，你来了。"她说。

"怎么了?"

"我找不到老爷和夫人。他们不见了。"

弗林特一进门就开始搜查楼下的房间。兰塞布尔和女仆贝基跟在他身后。

"你上次见到他们是什么时候?"

"大概半小时前。"女仆说道。

"增援警力在路上了，"弗林特一边说，一边朝书房里看，"希望他们不会来得太迟。发生了什么? 他们有没有说什么?"

"没有，什么也没说。他们当时在客厅喝茶。当然，他们非常担心安布罗斯少爷。贾尔斯爵士试着打电话给苏格兰场，但是没打通。"

“知道了。伦纳德和奈廷格尔呢?”

“他们应该在楼上,”兰塞布尔说,“伦纳德少爷在他自己的房间里,而大约两个小时前,我在楼梯上看见了奈廷格尔先生。”

“好的。”弗林特一边说,一边走向楼梯。贝基和兰塞布尔太太紧跟在后面,焦急地面面相觑。此时的马奇班克斯又大又空,更像一座墓室,而不是住宅。如果弗林特不是急着上楼,他就会发现,前方墙壁上的短弯刀少了一把。剩下那把刀孤独地挂在那里,在昏暗的光线下竟显得有些沮丧。

“我们先去找伦纳德。告诉我,他的房间在哪儿?”

“是这间。”兰塞布尔太太指着红木门说道。

弗林特走过去敲门,静待片刻,没有人回应。他再次敲门。

还是没有动静。

他握住门把手,谨慎地看了管家一眼。他原以为拧不开,却意外地发现房门并没有上锁。

他推开门,走了进去。也许是因为缺乏睡眠,房间里的情形使他浑身无力。他站在原地,愣了几秒钟。

随后,贝基尖叫起来。

床上的人伸直两腿,平静地将双手叠放在腹部,脚上的鞋子擦得锃亮,领带像尺子一样笔直。把贝基吓得发出尖叫的,是死者的脖子和脖子以上的部位。

他的头消失了,取而代之的是白色床单上浸血的枕头。

“把她带出去。”弗林特对管家下了命令。兰塞布尔张着嘴,却说不出话,只是看着尸体,惊恐地沉默着。她的双手在发抖。这个人的死亡让她震惊。“出去!”兰塞布尔一惊,回到现实中。她一反常态,温柔地揽着贝基的肩膀,带她离开了房间。

弗林特走近尸体，摸了摸死者的一只手，发现是冰凉的。接着，他看到了房间里的另一个外来者——一个没有生命的死物，其威胁性却不亚于有生命的人。镶翡翠的铜柄弯刀在地毯上闪闪发光，钢刃上沾满黑色的血迹。

兰塞布尔太太显然被好奇心所战胜，又出现在门口。"是奈廷格尔，"她难以置信地说，"我认得他的衣服。"

弗林特只是点了点头。"斯佩克特，"他低声说，"你到底在哪儿？"

三

当弗林特推开伦纳德·德鲁里的房间门时，约瑟夫·斯佩克特在克里克伍德被雪覆盖的教堂墓地里站着，正低头看着一块无人问津的墓碑。这里是他所计划的三次拜访中的最后一站。

"斯佩克特先生？"一个柔和的声音传来。

斯佩克特转过身，露出微笑："你是怎么找到我的？"

"胡克警官带我来的。"卡罗琳说。

斯佩克特放眼搜寻，墓地四周被薄雾笼罩，他看见胡克正守在一辆警车旁边。他挥了挥手，胡克有点不自在地挥手回应。

卡罗琳伸手钩住斯佩克特的手臂，两个人朝汽车走去。"请你告诉我，"她说，"有我哥哥的消息了吗？"

"没有，"斯佩克特回答，"不过，我认为我们不会等太久。"

"下午好，先生，"当两个人走到汽车跟前时，胡克说，"弗林特探长在本赫斯特警察局给我打了电话，让我找到你，并且带上西尔维厄斯小姐。幸好，芬德勒医生猜到了你在哪儿。"

"他很有先见之明，"斯佩克特说着，坐进汽车后排，"有马奇班克斯的消息吗?"

"没有。"

"我想,我们最好赶过去。"

"那我呢?"卡罗琳一边在副驾驶席坐好,一边问道。

胡克发动了引擎。斯佩克特沉思片刻,"嗯,"他最后说,"我想你应该跟我们一起去。"

四

当他们赶到马奇班克斯时,天已经完全黑了,宅邸内却亮如白昼。每盏灯都亮着,几十名警察正在对地面和附近的树林进行彻底搜查。

车一停,弗林特就走了过来。他让胡克留在车里,和卡罗琳待在一起。"斯佩克特,"他压着怒火说,"你到底去哪儿了?"

"我去找答案了,"斯佩克特说,"现在,我需要的信息都齐了。"

"我一整天都在找你。又发生了可怕的事。奈廷格尔死了。我的老天,是斩首。其他人也失踪了。"

"其他人?我知道了,"斯佩克特似乎并不担忧,"根据我的推测,有三个人下落不明。"

"别忘了维克多·西尔维厄斯。"

"是的,"斯佩克特说道,"我没忘。"

"现在怎么办?我们到底该做什么?"

斯佩克特目光温和,说道:"也许我们应该开车出去兜风。"

"去哪儿?"

"嗯,这是一个问题。不过,你不需要为维克多·西尔维厄斯担心。毕竟,"他瞥向卡罗琳,"他的人在我们手上。在他们重聚之前,他不会远走高飞。"

卡罗琳仿佛察觉到话题与她有关，在寒冷中抱紧胳膊，悄悄往这边走过来。"现在是什么情况？"她问道。

先开口的是斯佩克特。"我发现，"他说，"你没穿大衣。"

弗林特张了张嘴，想说点什么，却被魔术师的眼神制止了。

"什么意思？"卡罗琳困惑地问道。

"我的问题应该很好理解才对。算了，我们现在要开车出去兜风，去找你哥哥，西尔维厄斯小姐。"

"这么说你知道他在哪儿？"

"不知道。不过，我有一个相当好的想法。"

"斯佩克特，"弗林特打断他，"你难道不想先看一眼……楼上吗？"

"不看了，把那个不幸的家伙交给能干的芬德勒医生吧。我想他不会有太多新发现。还没有人找到死者的脑袋吧？"

"看起来是被伦纳德带走了。"

"是吗，他为什么要这么做？"

"我现在也摸不着头脑。"

"我希望你不是有意这样说的，弗林特，"斯佩克特笑道，"否则我就要为你的幽默感担心了。"

弗林特茫然地看了他一眼，然后走向等在一旁的警车。

胡克的驾驶技术比弗林特好得多，可以灵活应对积雪的路况。"去哪儿，斯佩克特先生？"他问。

"只管开，胡克。"魔术师说道。

"拜托，斯佩克特，"弗林特说，"公平一点。我一直按你说的做，你可不能临阵脱逃。你认为伦纳德是凶手，是吗？"

"这似乎是唯一结论。"

"他把他的父母带走了，对吧?"

"这也是合理的假设。"

"那么，他把他们带去了哪里?"

"犹太王国。"斯佩克特说。

"别卖关子。"弗林特没好气地说。浓咖啡的效力已经消失，从结束早餐到此刻，他只在火车上吃了一块芝士三明治。在这种情况下，他是个暴躁的人。"把你知道的告诉我们。"

"斯佩克特先生，"卡罗琳说道，"如果你知道我哥哥在哪儿，你就应该告诉我们。"

斯佩克特点了点头。"你们想听真相，对吗?"

插曲　敬请读者注意

　　与往常不同，这一次的谜案有更多尸体、更多线索、更多欺骗，就连约瑟夫·斯佩克特也需要适应。不过，真相只有一个。这一系列的谜题和不可能犯罪，只有一个答案。斯佩克特已经心中有数。

　　你呢？

第十九章　贾尔斯·德鲁里的忏悔

一

贾尔斯爵士的头颅里好像有一把锤子，在不停地捶打他的大脑。他在强光中眨着眼睛，直到看清自己的处境。他笔直地坐在一把硬背餐椅上，试着动弹却做不到。他也不能讲话。他低头一看，发现自己的胳膊被紧紧地绑在椅子的扶手上。他伸了伸舌头，发现嘴也被堵住了。

埃尔斯佩思就在他旁边，同样被绑着。他们看着彼此，眼里充满恐慌。

在一个陌生的环境里，他们被头顶的聚光灯照射着。贾尔斯爵士从未来过这个像舞台布景一样的地方。他能想起的最后一件事，是在恐怖事件连发的夜晚啜饮他所急需的白兰地。绑架他们的男人正背对着他们。

"就快结束了，"那个人说，"在了结旧怨之前，我想告诉你一些事情。"他转过身，和颜悦色地看着他们。"记得莎乐美的故事吗？在被施洗约翰拒绝后，她只有一个想法——把他的头放在银盘上。她做到了，以她的生命和灵魂为代价。"

他双手端着一只银盘——和一些恐怖的《圣经》题材油画里的银盘一模一样——将其放在他们面前的桌子上。

埃尔斯佩思含着塞嘴布发出一声尖叫。贾尔斯爵士僵硬地坐着，怒目盯着劫持他们的人。

"你们觉得盖子下面是谁？可以猜一猜吗？毕竟，剩余选项已经不多了，不是吗？不想猜？不想配合？既然这样，我最好直接揭晓……"

男人揭开盖子。埃尔斯佩思发出了更加痛苦的尖叫。银盘上仰面盯着他们的人，是伦纳德。

彼得·奈廷格尔看上去非常满意。"我要拿掉你们的塞嘴布，"他说，"我不想听见叫喊。我不想听见咒骂。我也不想听你们说我疯了或者逃不了。我可以全身而退。实际上，我已经脱身了。"

塞嘴布被拿开后，贾尔斯爵士没有说话，只是盯着奈廷格尔。

"你是好样的。如果你往那边看，会发现我已经架好了胶片摄像机和录音机。明白了吗？"

贾尔斯爵士点了点头。

"我带你们来这里是有原因的。我相信你已经意识到，我做的一切都是有原因的。毕竟，我有九年独处时间，可以非常仔细地谋划我的行动。"他从夹克内侧取出一把长长的切肉刀。

"赶紧做个了断吧。"法官说。

"别急，"奈廷格尔笑着说，"我的电影还没拍完。结束以后，我会把成片寄给有关当局。终于要真相大白了。当然，媒体会骂我是一个疯子，也许我的确是。不管怎样，你再也不能逍遥法外了，贾尔斯爵士。你终于要为你的罪行付出代价。

"审判即将开始，"彼得·奈廷格尔说，"我是法官，陪审团，以及——"他盯着刀刃，目测其锋利程度，"行刑者。"

接着，他猛地将刀子扎在了桌面上。

192

"以国王的名义起诉贾尔斯·德鲁里爵士，"他宣布，"现在开庭。"

二

声音之城制片厂位于伦敦郊外的谢珀顿村附近。如贺拉斯·塔珀所说，为了过圣诞节，这里暂时关门了。在利特尔顿公园中心，被用作行政和编辑办公室的17世纪建筑矗立在黑暗中。在这座中心建筑的周围，各种车库、餐厅和工场拔地而起，此外还有服装室、排练空间和存储区。

胡克把车开到大门口。令弗林特吃惊的是，门锁已被破坏，大门上有被高速行驶的车辆撞出来的凹痕。斯佩克特却一点也不惊讶。

"往里开。"他说。

他们到达摄影棚——像飞机库一样的巨大仓库——把车停在了一辆看似被遗弃的汽车旁，那是一辆"警车"。

"他之前一定把车停在马奇班克斯附近，"斯佩克特解释，"这是车子被喷漆的原因。他知道树林和田野都会被搜查，为了确保用于逃跑的车辆不被人注意，唯一的方法就是伪装。你的人就算偶然发现这辆车也不会多看一眼。所以说，他可以神不知鬼不觉地开车离开马奇班克斯。"

"他为什么把人带到这里？"

"斩首就是提示。"

四个人踩着雪走向摄影棚内最大的建筑。斯佩克特打头，后面紧跟着弗林特、卡罗琳和胡克。

来到看起来不祥的建筑附近，斯佩克特放慢了脚步。"蒙克里夫医生告诉你，他昨晚在伦敦拜访患者，对吧？"

"是的，"弗林特回答，"这和其他事情有关系吗？"

"也许没有关系，也许有很大关系。我大胆地猜测，蒙克里夫的'患者'完全有可能是探险家拜伦·曼德比。"

"的确是大胆的猜测，"弗林特说，"你这个想法到底是从哪儿来的？"

斯佩克特咧嘴一笑："毕竟，曼德比是悲剧人成员。我想，蒙克里夫不会为了一个病人跑那么远，除非他和患者之间存在这种特殊的关系。"

"你怎么知道曼德比是悲剧人成员？"

"我刚见到彼得·奈廷格尔那天，他提到他们在尤朗加河探险时乘坐的爪哇帆船叫作'舍施尔弯刀'号。舍施尔弯刀是波斯刀，和悲剧人用作标志的短弯刀相似。曼德比因感染疟疾提前结束旅行。根据我在格兰奇的档案柜中找到的文件，他仍然被疟疾后遗症所困扰。"

"好吧，这么说曼德比是悲剧人成员，可那又怎样？"

"有点耐心，弗林特。彼得·奈廷格尔在与西班牙民族主义者战斗时受了伤，休养时遇到了曼德比。二人由同一位医生治疗。我猜这位医生就是蒙克里夫，而且应该有这方面的书面证明。"

"斯佩克特，你不要兜圈子。蒙克里夫是他们的医生又怎么样？这能说明什么？"

"杰弗里·弗拉克遇害后，蒙克里夫来给埃尔斯佩思女士注射镇静剂，当时奈廷格尔闯入了客厅。从他们交谈的样子来看，他们之前显然没见过面。如果蒙克里夫过去给奈廷格尔治过伤，他应该会认出他，不是吗？"

"所以呢？"

"所以……也许我们认识的奈廷格尔根本就不是奈廷格尔？"

弗林特带着怀疑看了斯佩克特一眼，问道："那他是谁？"

斯佩克特停下脚步。他转过身，直视着卡罗琳说："也许最好由你来说，西尔维厄斯小姐。"

卡罗琳就像一头被围困的野兽，缩着身子准备逃跑。然而，年轻的警官胡克抓住了她的胳膊。

"请逮捕她，"斯佩克特说，"罪名是谋杀。"

不管她如何奋力挣扎，最终仍被胡克铐住了双手。

"事实上，你现在不是卡罗琳·西尔维厄斯，而是卡罗琳·格里芬，没错吧？"

"你到底是怎么发现的？"弗林特问道。

"排除法。我们知道，今年春天，格里芬和他的新娘私奔到了格雷特纳格林。因为1753年通过防范秘密婚姻的法案不适用于苏格兰，所以格雷特纳格林成为私奔情侣的首选。该法案禁止二十一岁以下的年轻人在没有父母许可的情况下结婚。格里芬早已过了二十一岁，所以他的未婚妻一定比他年轻，而且父母健在。另一个怀疑对象是马奇班克斯的女仆贝基·威兹德姆，不过兰塞布尔太太告诉我，她现年二十六岁。也就是说，她不需要私奔结婚。在本案所有相关女性里，只有卡罗琳年龄合适。她的父母两个月前才去世，在那之前，他们似乎不可能同意她和托马斯·格里芬结婚。"

"即便如此，"爱唱反调的弗林特说道，"他的妻子也可能是其他人，不是吗？"

"理论上是这样。可是为什么她要隐瞒身份呢？在他死后，她难道不应该现身吗，哪怕只是来索赔？弗林特，从我们得知格里芬已婚的那一刻起，我就开始怀疑卡罗琳了。后来我在老公羊酒馆的遭遇看似无关紧要，实则证实了我的猜测。格里芬会去那里算不上奇怪。真正奇怪的是，在伦纳德·德鲁里和卡罗琳·西尔维厄斯谈话的过程中，他始终一言不发地坐在那里。更奇怪的是，卡罗琳对于他的出现只字不提。她肯定看到他了，因为他就坐在伦纳德背后，很难忽视。虽然他假装隐藏自己，但是任何视力还算不错的人都能发现他。他的络腮胡也很容易辨认。卡罗琳却仿佛没有看见他。现在我知道他在那里干什么了。他在监视伦纳德·德鲁里。他知道伦纳德对卡罗琳抱有非分之想。他在场是为了防止伦纳德越界。他们没想到我会突然出现，扮演身穿盔甲的骑士，差点毁了这一切——伦纳德是否发现格里芬在场并不重要；可如果让我看到格里芬，我可能会在头脑里建立某些联系，继而对他们的计划造成致命打击。

"另一个事实是，卡罗琳被她去世的父母疏远，他们的遗嘱也没有提到她。我想知道，她到底做了什么让他们无法容忍的事？"斯佩克特自问自答道，"不被接受的婚姻。"他转过身，面朝卡罗琳·西尔维厄斯。"只能是你，"他说，"没有别的可能。"

令弗林特吃惊的是，卡罗琳没有反驳，没有故作愤怒。"我本希望，"她说，"我对他做的一切能分散你的注意力。"

"你成功了。只不过有一个无法忽视的问题——如果格里芬不是你杀的，又是谁杀的？不管是谁，凶手一定浑身是血，雪地上也会留下脚印。然而，地上没有脚印。于是我想，凶手可能并没有离开格兰奇。"

"是她杀了格里芬？"弗林特问，"是她放走了精神病人？那另外两个护工呢，也是她弄晕的？"

"不是，"斯佩克特说，"至少我表示怀疑。卡罗琳，如果我说错了，你可以纠正我，可我敢打赌，是格里芬在他们喝的茶里下了安眠药。"

卡罗琳没有纠正他。

"回想一下，"斯佩克特继续说道，"凶手将格里芬残忍杀害，却只让另外两名护工昏睡过去，再把他们绑起来。这是两种完全不同的手法，意味着袭击者是两个不同的人。格里芬给同事下了药，把他们绑起来。在这之后，卡罗琳赶到了格兰奇。他们计划演一出维克多越狱。最后，为了增强真实性，格里芬本人会被打晕。当然，整个地区都会进入警戒状态，警察会到处找人，但他们必然什么也找不到。"

"为什么？"

斯佩克特笑着说："这正是问题关键所在。在我看来，维克多的突然逃跑和他的形象明显不符。就是在这个时候，我意识到维克多只是一个角色。你见到的那个顺从的、屈辱的维克多只是一个虚构的角色，创造者是真正的维克多·西尔维厄斯——一个冷酷、精明、一心复仇的怪物。

"这是角度问题。如果一个魔术通过将观众安排在特定位置，来使视觉错觉发挥作用，那么这个魔术就是'有角度的'。悬浮术是一个很好的例子。'身份魔术'也是如此，它需要确立两个身份：维克多·西尔维厄斯和彼得·奈廷格尔。"

"你想说什么？他们是同一个人？"

斯佩克特点头："卡罗琳和托马斯·格里芬结婚的事实改变了一切。回想你去格兰奇探视病人的经历，当时令人讨厌的格里芬对维克多和卡罗琳很严厉。那是在你面前演戏，弗林特。"

"这么说，牢房里的人……"

"他是维克多·西尔维厄斯，但他也是彼得·奈廷格尔。在马奇班克斯时，他一直有意回避你，弗林特。他知道，如果单独谈话，你可能会看穿他的伪装。

"他通过和格里芬合谋，在格兰奇之外拥有了第二个身份。拜伦·曼德比在尤朗加河探险失败的消息曾被广泛报道，大多数文章都将彼得·奈廷格尔称为曼德比的左膀右臂。奈廷格尔于十二月初回英国，我相信他的确去了之前的事务所，表明要找了一份私人秘书的工作。可维克多和卡罗琳设法让他消失了，维克多取而代之，成为'彼得'。"

"那么真正的彼得·奈廷格尔在哪儿？"

"在芬德勒医生那里。"

"什么……？"弗林特反应过来，"你是说行李箱里的尸体？从泰晤士河里冒出来的那个人？"

"正是。有一个人藏在这一系列谋杀背后，利用其他人的弱点和冷酷、贪婪。老实说，我敬畏他的胆量。他的犯罪是智慧和疯狂的产物。不过，卡罗琳，没有你，他做不到这些。我想，你和格里芬结婚也是计划里的一步。让你的哥哥重获自由是你的唯一目的。从头到尾，你只忠于维克多，而不是其他任何人，对吧？"

泪水从卡罗琳微笑着的脸上流下来。可她什么也没说。

"他直到最后还在耍花招，"弗林特说，"为什么他要和伦纳德的尸体换衣服？"

"为了让奈廷格尔消失，同时把伦纳德设计成主谋。他知道斩首会让警方立刻展开搜捕，但他需要把他们引向错误的方向。这就是斩首的原因。应该说，是原因之一……"

"还有别的原因？"

"也就是他把贾尔斯爵士和埃尔斯佩思女士带到这里的原因。"

"是什么？"

"他想让贾尔斯爵士对着镜头承认他谋杀了格洛丽亚·克雷恩。

这是他做这一切的目的。他用了九年时间悼念他的恋人，心中充满对法官的仇恨。维克多伸张正义的唯一途径就是强迫法官认罪。斩首使我想到莎乐美的故事，进而想到塔珀制作厂。维克多可以通过卡罗琳得知贺拉斯·塔珀的详细拍摄日程。于是，他等到了现在，也就是拍摄工作因为圣诞节暂停的时候。他可以挑选摄影棚和各种设备。他要拍摄自己的电影。"

三

"我不明白，"贾尔斯爵士说道，想拖延时间，"你不是在疗养院里吗？你不是被关起来了吗？"

"我的确被关了九年，"西尔维厄斯说，"可你别忘了我还有个妹妹。为了让我重获自由，我那个美丽勤劳的妹妹什么都愿意做。她引诱了一名护工，他叫托马斯·格里芬。他们表面上互相敌视，甚至是仇视。格里芬往往会表现出多余的蔑视和冷酷。最终，他允许我刮胡子，把头发染黄，打扮成一位文雅的绅士。他把我从精神病院偷放了出去。我曾连续几天住在伦敦一家寄宿公寓里。我成为彼得·奈廷格尔。我阅读关于他的文章，模仿他的行为，甚至和他抽同一个牌子的香烟。我以这个身份首次拜访伦纳德，扮演起私人秘书的角色。"

"据我所知，你一直待在疗养院里。"

"没错，我在那里。许多人来看过我，除了我妹妹，还有你的朋友蒙克里夫和其他几个人——包括苏格兰场职员乔治·弗林特。我的计划妙就妙在这里——托马斯·格里芬能帮助我溜出去，也能帮助我回到牢房里。我们事先安排好了。如果我不在时有人来见我，格里芬就会严厉斥责，把他们打发走。探访都安排在我不会被伦纳德盯着的时候。格里芬让我偷溜回疗养院，用假发和假胡子把我伪装成疯子。

199

去掉伪装，我就是你现在看到的模样。

"可最后事态开始升级，我决定永远离开这里。在发生了这么多事——死了这么多人——之后，我不太可能成为嫌疑人。而且，我已经使弗林特相信，我一直以来都是受到迫害的一方。从许多方面来看，这也是事实。总之，他们不会把我当成杀人嫌疑犯，而会把我当成一个拼命想证明自身清白的人。

"上天保佑，我成功了。我让所有人相信维克多·西尔维厄斯和彼得·奈廷格尔是两个不同的人。只要我完成最后的复仇，只要你说出真相，我就会永远消失。"

"我不知道你想让我说什么，"贾尔斯爵士说，"如果是关于那个死去的女孩……"

"格洛丽亚。你很清楚，我说的是格洛丽亚。"

"你弄错了。我从没碰过她。我和她之间没有任何瓜葛。我不知道她是怎么中毒的。"

"骗子。你也许能欺骗别人，但你欺骗不了我。我向你保证，你的悲剧人朋友们威胁不到我。"

"我没有动机！我没有任何理由杀害格洛丽亚……"

"你利用权势引诱她，不是吗？你想让她离开我。"

"我没做过这种事！"法官反驳道。他瞥了旁边的妻子一眼，后者旁观着这场审判，眼神带着冷漠和恐惧。

"你做了，就像你引诱了埃丝特·芒克顿，还生下西尔维斯特那个杂种。你杀格洛丽亚的原因，是害怕她告诉你妻子吧？她活着就是一个大麻烦，不是吗？"

"不是！"贾尔斯爵士的反对声在摄影棚里回响。维克多一时被镇住了。年轻人把头歪向一边，审视着他的仇人。

"你知道吗，"他终于说，"我都有点相信你了。不过，如果杀害格洛丽亚的人不是你，那就只能是另一个人。"他对埃尔斯佩思女士笑了笑。

见他拿着刀向她走过来，她开始疯狂地摇头。

"凶手一定在你们中间，"维克多继续说道，"要么是你，贾尔斯爵士，因为格洛丽亚可能会给你制造麻烦；要么是你，埃尔斯佩思女士，因为你嫉妒她。到底是谁？"

"都不是！"法官喊道，"你疯了！"

维克多面色一沉，用低沉的、克制的声音说道："我警告过你，不要说我疯了，否则你知道会发生什么。"

他举起了刀。

就在这时，就像一道耀眼的闪电，摄影棚里的所有灯同时放出光芒，照亮了法官和疯子构成的可怕画面。

"结束了，"乔治·弗林特喊道，"你最好把刀放下。"

维克多·西尔维厄斯回头看着弗林特和斯佩克特。"先生们，"他说，"你们来得正好。法官正要认罪。"

"不，"斯佩克特向前迈了一步，说道，"他不需要认罪。你现在投降对所有人都好，维克多，把刀放下。这里被包围了，你跑不了。"完全是在虚张声势。

"斯佩克特先生，你再往前一步，我就割断法官的喉咙。"

"你要知道，维克多，"魔术师规劝道，"你妹妹在我们手上。卡罗琳已经因为谋杀托马斯·格里芬及其他罪行被捕。如果你现在逃跑，她将因为你的罪行受过。"

维克多大吃一惊："卡罗琳？我不相信。"

"这是真的。胡克！把卡罗琳带过来！"

胡克押着戴手铐的卡罗琳，从画着希律王宫殿的绘景板后面走出来。

卡罗琳低头看着腕上的手铐。

"卡罗琳，"维克多说道，"我……我很抱歉。我从没想过让你……"

"停手吧，"弗林特说道，"这对所有人来说都是最好的，尤其是卡罗琳。"

胡克和卡罗琳慢慢走向宴会桌。这时，斯佩克特注意到卡罗琳的左脚正悄悄伸向横在地上的黑色电线。他眯起眼睛，察觉到她要做蠢事。没等他开口提醒其他人，她已经行动了。

她用脚踢起电线，使其缠在脚踝上，再将腿一抬。最高的一盏聚光灯顺着牵动倒向一边，与地面相撞，迸出一片火花。

突发情况起到了完美的误导作用。只有斯佩克特的目光没有从维克多·西尔维厄斯身上移开。弗林特和胡克都被分散了注意力，虽然只是一瞬间，但也足够了。维克多用力把刀掷向胡克。刀子扎进胡克的肩膀，他大喊一声，向后摔倒在地。卡罗琳乘机逃脱。

摄影棚里回荡着维克多和卡罗琳的脚步声，转眼间已经不见他们的人影。

弗林特追了出去，斯佩克特则走向倒下的胡克。他凭经验判断，伤势并不严重。他迅速拔出刀子——使年轻警察发出了一声尖叫——从袖子里取出一条鲜红的手帕，按在伤口上。

她又出手了，斯佩克特想，但她又救了她哥哥一命。

当增援警力在几分钟后赶到时，维克多和卡罗琳早已消失。斯佩克特把受伤的胡克交到救护员手上，然后走向宴会桌，解开被绑住的两个人。

埃尔斯佩思女士似乎失去了言语能力，只是呆呆地盯着儿子的眼睛——他在银盘上没精打采地瞅着她。贾尔斯爵士则重复叫着："斯佩克特……斯佩克特……"

　　"都结束了。"斯佩克特对他说。

　　与此同时，弗林特指挥手下检查了摄影棚里每一个阴暗的角落，还是没有找到维克多和卡罗琳。

　　"把他们找出来。"弗林特命令道。冒牌警车也不见了，轮胎印从摄影棚外面的车道延伸到主路上，像蛇一样，逐渐消失在其他痕迹中。

第二十章　谋杀之网

1938 年 12 月 24 日，星期六

　　案子不了了之，弗林特非常郁闷，斯佩克特则完全不同。平安夜，当他们在温暖舒适的黑猪酒吧见面时，老魔术师看起来非常愉快。他的面前放着一杯苦艾酒，热情地和弗林特打招呼。

　　"你很高兴嘛。"探长说。

　　西尔维厄斯兄妹逃脱后，弗林特起初以为自己会丢了工作。然而，令他吃惊的是，他的上级却握着他手说："这个案子太棘手了。"

　　弗林特完全同意。

　　握手时，弗林特身体前倾，看到了长官的领带夹。奇怪，他想，他之前怎么没有发现，领带夹的样式是两把交叉的银色短弯刀。

　　这将解释为什么案子几乎没有见报——只占了第六七版的半栏；为什么贾斯珀·蒙克里夫医生在 1939 年春放弃了他在格兰奇的工作，低调地离开英国，去了更加温暖的国家；为什么疗养院幸存患者埃奇莫尔扼杀犯被悄悄转移到布罗德莫精神病院；为什么贾尔斯·德鲁里爵士和埃尔斯佩思女士在同一年春天从公众视野中消失，封闭了切尔西的住宅和马奇班克斯乡间别墅。悲剧人成员之间会相互照应。

　　不过，这些都是后话。在 1938 年平安夜，弗林特仍然心存希望，想将维克多·西尔维厄斯和卡罗琳·西尔维厄斯缉拿归案。

　　"我正在欣赏幻象的余晖，它美妙绝伦，在我见过的幻象中是最

棒的，"斯佩克特说，"维克多·西尔维厄斯的计划很出色，甚至可以用华丽来形容。令人不安的是，这不是一个疯子的计划，而是一个头脑清醒的恶魔的计划。"

"那么计划是谁想出来的？我觉得他们两个一样疯狂。"

说到这里，斯佩克特露出厌恶的表情。"这个案子使我重新思考了什么是疯狂。疯狂不是一种物体，它不是有形的。相反，它像烟一样缓慢地潜入人心，"他说着，叹了一口气，"我想，媒体乐于将西尔维厄斯兄妹写成两个精神病患者。然而，事情没有这么简单。就这个案子而言，不知道真相也许才是最好的。"

"请解释给我听，"弗林特坚持道，"和往常一样，我无法理解。"

斯佩克特笑了笑。"你太谦虚了。我认为你能理解凶手的计划，只是你没有意识到。总之……"他直起身子，肩膀向后拉展，在弗林特眼里，就像一只蜘蛛，正准备扑向落网的苍蝇，"在某种程度上，这个案子是一种讽刺——伦纳德·德鲁里自诩演员，却彻底输给了史上最令人信服的表演。维克多·西尔维厄斯是一位大师。说起来，胡克怎么样了？他恢复得好吗？"

"他很好，幸好只是皮肉伤。不管怎样，他需要休息一段时间。"

斯佩克特点头说："那就好。我想，除了祝我节日快乐，你来这里还有其他原因。"

"和往常一样，你说对了，"弗林特说，"我想让你告诉我真相。"

"荣幸之至。维克多·西尔维厄斯无疑是天才，可如果没有他妹妹的协助，他的计划就无法实现。卡罗琳提供了他所需要的信息，使他回到现实世界后立刻知道应该做什么。他怎么知道彼得·奈廷格尔的事？是卡罗琳亲口告诉他的，或者让他看到了探险家放弃旅行的报道。他怎么知道塔珀会在何时关闭谢珀顿摄影棚？是塔珀家的保姆卡罗琳告诉他的。他是怎么逃出格兰奇的？是卡罗琳促成的。

"卡罗琳杀了托马斯·格里芬，放走了三个囚徒。这么做是为了制造更多混乱。为了达到相同的目的，她还把写着法官住址的纸条塞给埃奇莫尔扼杀犯。

"她事先布置了中间的病房，制造了维克多和另外两个人一起逃走的假象。实际上，她用两起真越狱增强了一起假越狱的真实性。当时，维克多已经成功变身为德鲁里家的彼得·奈廷格尔。他只在格里芬安排了特定访谈时回格兰奇。蒙克里夫那天晚上提到，他平时都让格里芬监管三个病人，他本人只是定期给他们看病。实际管理着疗养院的人是格里芬，而他却受卡罗琳控制。我想，卡罗琳的背叛完全出乎格里芬的意料。

"时间紧迫，当时雪又下起来了，她希望警方尽快到场，赶到格兰奇的警察越多，留在马奇班克斯的警察就越少。因此，她只能把沾满血的大衣销毁，这就是她点火的原因。她把一些档案扔进桶里，既充当引火物，也掩饰了点火的真实理由。

"当然，在冬天的夜晚，不穿大衣一定会引起怀疑，所以她才穿了格里芬的大衣。我从一开始就发现那件衣服对她来说太大了，左襟的纽扣告诉我那是男人的衣服。

"如果你想找实证，可以从格里芬办公室里的档案柜入手。凶手翻乱标'S'的抽屉是合理的，因为里面有西尔维厄斯的档案。但是，为什么翻乱标'N'的抽屉呢？"

"奈廷格尔。"弗林特说道。

"没错。别忘了行李箱藏尸案，凶手破坏了受害者的面部，将其毁容，使别人无法通过长相认出他。"

"可他们事先怎么知道伦纳德·德鲁里会雇用奈廷格尔做秘书？"

"他们所用的方法相当于我们魔术师所说的'双关语'——和我在马奇班克斯的书房里展示的魔术相似。伦纳德在西尔维厄斯的支配下选择了彼得·奈廷格尔，就像观众在魔术师的支配下选择某张牌一样。选择是假象，实际上并没有选择。他们需要仔细规划，挑选理想的候选人——一个必然会引起伦纳德的注意并且名声不错、背景清白的人。伦纳德曾提到，他的信总是晚一天才送到。这是因为邮递员收了好处，先把信交给卡罗琳，后者用蒸汽将信启封，审查每一个应聘者。所有可能对彼得·奈廷格尔构成竞争威胁的求职信都会被立刻扔掉。只有能力最差、最不合适的人的求职信才会进入伦纳德的邮箱。这样一来，他们基本可以确保'彼得'被选中。

"'奈廷格尔'一混进德鲁里家就展开了行动。他发现并开始利用德鲁里家每个成员的弱点。对他来说幸运的是，他们有许多弱点。他最早采取的行动之一是告诉伦纳德，西尔维斯特是埃尔斯佩思女士的外遇。伦纳德试图敲诈西尔维斯特，作为反击，西尔维斯特说他看到伦纳德在切尔西的住宅外朝贾尔斯爵士开枪。西尔维斯特一定看到了伦纳德开枪。我认真思考这件事，联系雪中的足迹、西尔维斯特出现的时间，我就越确信西尔维斯特看到了他同父异母的兄弟开枪。陷入僵局的伦纳德决定杀了西尔维斯特。不过，他无法单独完成这件事。他需要安布罗斯的帮助。最后，他们联手杀死了西尔维斯特·芒克顿。"

"怎么杀的?"

"只需要在适当的时间行动。他们刚杀死西尔维斯特，安布罗斯就在次日上午收到了贺拉斯·塔珀的信，得知他无法出演《塔拉里》的主角。当然，那封信不是塔珀写过的，而是维克多伪造的。我和塔珀谈过，他告诉我，他家里放了一摞带公司名称的信纸。卡罗琳是两个孩子的保姆。所以，合理的猜测是，她拿到信纸，维克多伪造了信。

"我不知道信上到底说了什么——安布罗斯把信销毁了——但这显然是维克多的一部分计划。他想让兄弟关系出现裂痕。如果他们没有合谋杀人，这封信可能会起作用。你可以说，这一招是闭着眼睛开枪，偏离了目标。不过，他写给伦纳德的信却是致命的。"

"什么信？"

"我现在无法证明这封信还在，"斯佩克特说，"因为我确信它已经被伦纳德烧掉了。不过，维克多应该给兄弟俩都写了信，而不是只给一个人写，这样比较合理，不是吗？他冒充贺拉斯·塔珀给安布罗斯写信，同时也伪造了一封写给伦纳德的信。塔珀的信没有命中目标，另一封信则近乎完美地指控伦纳德谋杀西尔维斯特·芒克顿。"

"你怎么知道是这样？"

"想想吧，我的朋友，维克多已经告诉伦纳德，西尔维斯特·芒克顿和埃尔斯佩思女士私通。当芒克顿的尸体出现时，凶手是谁，在维克多看来再明显不过。所以，维克多写了一封恐吓信，犹如一石激起千层浪。伦纳德很清楚，敲诈是杰弗里·弗拉克的惯用伎俩——艾达·科斯格罗夫刚死不久。所以，他得出了错误的结论。他认为恐吓信是弗拉克写的。这是说得通的。为什么要怀疑被他视为盟友的'奈廷格尔'？为什么要怀疑和他一起犯罪的安布罗斯？讽刺的是，杰弗里·弗拉克因为他没有犯过的罪被判了死刑。不管怎样，事实就是维克多·西尔维厄斯引导伦纳德杀了杰弗里。"

"等一下，"弗林特说，"不是安布罗斯杀了杰弗里·弗拉克吗？"

"确实是他拉动了扳机，用我解释过的方法杀了人。我之前不愿意说明动机，是因为需要解答的问题太多了。现在，我可以明确告诉你，西尔维斯特·芒克顿和杰弗里·弗拉克都是被伦纳德和安布罗斯联手杀害的。伦纳德刺死了西尔维斯特。安布罗斯在画室里拉动扳机，杀了杰弗里·弗拉克。不过，没有安布罗斯，冰面诡计就无法完成。没有伦纳德坚持和弗拉克换房间，枪杀手法也无法完成。他们一起谋划杀人，各有分工。在弗拉克被害前，伦纳德把我带进画室隔壁的音乐室。他特别大声地告诉我，想跟我商量点事——显然是在给安布罗斯发暗号。他们事先给我安排了一个位置，让我正好能看到假冒阿瑟·科斯格罗夫的卢多·昆特雷尔-韦伯逃离现场。但我们知道，这部分计划出错了，因为卢多慌不择路。所以你看，这对兄弟是同罪。”

弗林特从衣兜里取出烟斗，叼在嘴里。“这么说，兄弟二人实施了前两起谋杀，然后他们又被维克多·西尔维厄斯杀害。”

“让我按顺序把整个事情说完，”斯佩克特说道，“当我们在本赫斯特做礼拜时，安布罗斯做好了犯罪准备。那天上午，你和卡罗琳去格兰奇探访维克多·西尔维厄斯。这次探访被安排在星期天，因为他们知道这家人很可能去当地教堂做礼拜，使维克多有机会摆脱‘奈廷格尔’的身份，开车回到疗养院，变回病人。他只需戴上假发，粘上假胡子。因为他开走了伦纳德的车，所以当我在杰弗里·弗拉克遇害后跟他谈话时，那辆奥斯汀的发动机还是热的。”

弗林特被这个大胆的犯罪计划震惊了。“可西尔维厄斯也不是每一件事都能料准。”

“你说的对。比如说，他伪造的贺拉斯·塔珀的信就没起到作用。不过，你别忘了，他真正的敌人是贾尔斯爵士。害死法官的儿子们，寄恐吓信，都是他玩的变态游戏、心理战。他决定剥夺法官拥有的一切，正如他作为维克多被剥夺了一切。他玩起了木偶戏，拉一拉这根线，扯一扯那根线，对年轻人之间隐秘的仇恨加以利用。”

"好吧，"弗林特说，"我差不多把这部分弄明白了。不过，你还没有解释恐吓信是怎么回事。"

"嗯，"斯佩克特说，"因为不必多加解释。信是维克多写的，卡罗琳寄的。他们很清楚，这样做会使警方重新关注格洛丽亚·克雷恩的案子，揭晓未解之谜。他们还知道，在不知道真相的人眼里，维克多不可能是写恐吓信的人。

"然而，他们决定把谜团变得更复杂。所以，卡罗琳找到了你，弗林特。在迪恩案，也就是法官裁决的上一宗备受瞩目的案子里，你的参与得到了广泛报道。你了解贾尔斯爵士的风格。因此，她把你拖入克雷恩案，把你拉到贾尔斯的对立面，希望这样能加快他垮台的速度。"

弗林特点着头说："维克多利用去马奇班克斯的机会，开始猎杀法官的儿子们。"

"他的计划非常恶毒，"斯佩克特说，"他想让贾尔斯爵士尝到失去一切的滋味，一种周围的世界正在崩塌的感觉。于是，他利用了每个儿子的弱点，让他们自相残杀。"

"你解释了伦纳德和安布罗斯联手杀害弗拉克的方法，却没有解释他们杀害芒克顿并把尸体置于湖中央的方法。"

"是的，我还没说。他们的诡计是很不错的，不是维克多·西尔维厄斯的那种深谋远虑，却有值得欣赏的地方。伦纳德和安布罗斯的有趣在于，他们都缺少独立完成真正的不可能犯罪的智慧。不过，如果联起手来……

"你想知道他们是怎样做到的吗？你会佩服他们的，弗林特。我本人从未见过那样的手法。他们之中谁都无法单独完成犯罪。"你还记得安布罗斯遇害后，我在索霍咖啡馆给你表演的鸡蛋魔术吗？"

弗林特想了一会儿。现在看来，那似乎是很久以前的事情了。某个关于鸡蛋的小魔术……是的，想起来了！那枚鸡蛋在几秒钟之内神奇地进入了弗林特的衣兜。"我记得。"

"你猜到它的意义了吗？"

"说来也巧，我那天有更重要的事情需要考虑。"

"啊……"斯佩克特摇了摇细长的手指。"每个魔术都是有含义的，弗林特。这是一个移动魔术，不是吗？鸡蛋是怎样进入你的衣兜的——这是一个无法解释的问题。实际上，这和把尸体放到船上不是很类似吗？"现在，老魔术师来了兴致，"我应该帮你消除困惑，不是吗？当然，我有两枚鸡蛋，是我从马奇班克斯厨房里顺来的，因为那天我本来想早点给你表演这个魔术。我有两枚真鸡蛋，还有一枚用橡胶做的假鸡蛋。你可以在任何魔术商店里买到那种假鸡蛋。我用铅笔在鸡蛋上画了斑点，以确保斑点完全一致。我把一枚真鸡蛋放进你的衣兜，让你检查另一枚真鸡蛋。然后，当你还给我的时候，我用两只手掂了掂鸡蛋。此时，我把它换成橡胶鸡蛋。我拍了一下手，把橡胶压扁，让鸡蛋消失。不过，这个时候，真正的工作已经完成了。第二枚鸡蛋已经躺在你的衣兜里，等着你去发现。"

弗林特皱起了眉头。"我完全无法理解。这和湖上的尸体没有任何关系。而且，你是什么时候把鸡蛋放到我兜里的？难道是我们看着安布罗斯坐在布加迪里面被电死的时候吗？"

"不，不是的。我也许很猎奇，但我还没有那么冷血。我是在几个小时之前就把鸡蛋放到你的衣兜里的。那时我们还在马奇班克斯，格兰奇的暴行还没有发生。"

"所以，你是说，我的口袋里一直装着鸡蛋？"

"是的。所以，在我们穿越田野疯狂追逐安布罗斯的时候，我才会那么注意提醒你盯着路面。我不希望你打碎鸡蛋，让魔术露馅。"

弗林特还在皱眉。"你付出了这么多可笑的努力，就是为了一个小魔术？"

斯佩克特笑了，露出他尖利洁白的牙齿。"这是有意义的，弗林特。任何称职的魔术师，即使为了实现最简单的效果，也会付出一切必要的努力。即使是创造最简单的幻象，也需要付出很大努力，你会对此感到吃惊。"

"那如果我发现了鸡蛋呢？或者鸡蛋碎了呢？"

"你忽略了重点。如果你发现鸡蛋，或者鸡蛋碎了，魔术就泡汤了。但是鸡蛋没有碎。这完全是机缘巧合，仿佛是命运想让我为你表演这个魔术。美国有个魔术师叫马克斯·马里尼。听说过吗？是的，我想你可能听说过。他有一个故事，说的是，当他在纽约出门吃饭时，粉丝常常会突然出现，要求他表演魔术。他会很亲切，告诉他们，很抱歉，他不能饿着肚子表演。所以，其他食客只能等着他。当他吃完饭时，他突然挥动斗篷，凭空变出一个巨大沉重的冰块。所有人都很震惊，对他起立鼓掌。不过，这个魔术很简单：冰块一直都在，马里尼来到餐厅时，他的斗篷褶皱里已经藏了冰块。当他平静地吃饭时，冰块一直都在那里。你看，他知道他会被要求表演魔术，所以做了准备。他还知道，观众绝对不会预料到，他会为简单的即兴小魔术花费如此多的心思。

"弗林特，这个故事的意义在于，永远不要低估魔术师为追求掌声而付出的努力。

"在这个杀人兄弟的案子里，他们追求的是完美犯罪。"其中一个人——我猜是和杰弗里一起去酒馆的安布罗斯——割断了拴船的绳子，然后用力一推，使船漂到湖中央。他知道气温很快就会降到冰点以下，在此之前，他们要确保自己拥有完美的不在场证明。只要在湖面结冰后将尸体放到船上，他们犯罪的可能性就会被排除。我们自然而然地认为，谋杀一定是在湖面结冰之前发生的。

"安布罗斯当晚和杰弗里·弗拉克一起去了老公羊酒馆。他一直待在能看到气压表的地方，因此可以掌握湖面结冰的时间。

"伦纳德需要一个可信的证人，其证词绝不能受到怀疑。所以，他找到了一个年轻女人，后者对他恨之入骨，却只能承认午夜之前一直和他待在一起。讽刺的是，这个女人正是卡罗琳·西尔维厄斯。把卡罗琳送回家后，他立刻开车前往马奇班克斯，在花园里与安布罗斯碰面，为接下来的行动做准备。安布罗斯已经在贝基和兰塞布尔太太就寝后从厨房里偷出了刀子。

"他们事先和西尔维斯特约好在悬铃木下见面。顺便一提，这也解释了西尔维斯特在厄洛斯雕像那里和埃尔斯佩思女士见面时为何如此匆忙。你知道，埃尔斯佩思女士在那里见到的确实是西尔维斯特。不过，她并不知道他当晚还有第二个约会，还因此送了性命。"

"嗯，这部分我也弄明白了，"弗林特说，"但你还没有解释他们是怎样做到的。我是说，把西尔维斯特的尸体放置在湖中央。"

"哦，是这样的，他们约了西尔维斯特在那棵悬铃木附近见面，很可能事先承诺给他钱。而事实证明，他们杀了他。我是怎么知道的？因为刀片和伤口之间夹了一片树叶，就像埃德加·杰普森和罗伯特·尤斯塔斯所写的那篇故事中的茶叶。他们距离那棵树一定很近。你应该记得，那棵树距离湖边大约 100 码①，重要的是，它长在栈桥对面。请记住这一点，然后，你看一下这个。"斯佩克特从衣兜里取出一只板球。弗林特接过球，看了看球体中间的小孔。

———————

① 英制长度单位，1 码＝0.914 米。

"当我在马奇班克斯的车库发现这只球时，我立刻意识到，它是一个失败的试验品。"

"什么试验？"

斯佩克特笑着说："小孔太窄了，大约窄了三分之一英寸。"

"这到底是干什么用的？"

斯佩克特不打算直接回答。"我第一次去德鲁里家吃饭时，发现安布罗斯过去是板球运动员。根据他说的话，我得知他是投球手。伦纳德·德鲁里则充分说明了自己是打结高手。有了这两个细节，你就清楚他们的计划了。还不明白？那么，我再给你一个提示——我首次进入马奇班克斯的车库时，在杂物中看到了一卷很长的绳子。现在有想法了吗？"

显然，弗林特还是一头雾水，而且不太高兴。斯佩克特最终决定免去他的痛苦。"安布罗斯运用投球技巧，伦纳德运用打结技巧，两兄弟联手将西尔维斯特·芒克顿的尸体转移到结冰的湖面上。首先在板球上钻孔，孔的大小刚好能穿过他们弄到的绳子。把绳子的一端穿过球上的小孔之后，伦纳德发挥了他的打结才能。他们把绳子另一端固定在栈桥旁边，用的是某种不起眼的东西，比如槌球球门。接着，安布罗斯拿起穿绳的板球，从栈桥这边将其扔到湖对面。他是一个有经验的投球手，把球扔到湖对面对他来说很容易。已经在对面等着的伦纳德捡起绳子带球的一端，穿进死者的右边袖子，从死者背后绕过，最后从左边袖口拉出来。接着，他把球扔过头顶树枝，利用这根树枝，他和安布罗斯可以把西尔维斯特的尸体吊起来。确定尸体不会从绳子上掉落之后，他们用另一个槌球球门把绳子固定在树下的地面上。就这样，他们制作了一条简易的湖上索道。通过操纵绳索，他们可以慢慢地把尸体移到湖面上，停在小船正上方。接着，他们只需要解开绳索，让尸体落在船上。在这个过程中，他们没有涉足冰面一步。你还记得尸体的奇怪姿势吗？就像被钉在十字架上一样。那是有必要的，为了避免在收绳子的时候破坏尸体的状态。绳子被收走后，西尔维斯特就像我们发现他时那样，躺在划艇里，胸前插着刀子，双臂展开，指关节贴着冰面。"

弗林特忍不住笑了起来，尽管他刚得知一种恐怖的犯案手法。"我真不知道你是怎么想到的，斯佩克特。"

"我用了逻辑推理。这也解释了为什么他们无法把绳子放回车库——我第二天发现绳子不见了。绳子穿过尸体身上的衣服时，一定沾到了血迹。他们只能第一时间将其烧掉，这可能是他们次日清晨所做的第一件事。那只板球也被烧掉了。幸运的是，他们忽略了最初的试验品。否则，我可能永远想不到他们利用了如此粗糙有效的滑轮装置。"

弗林特挠了挠下巴。"伦纳德和安布罗斯杀了西尔维斯特·芒克顿，起因是芒克顿看见了伦纳德向法官开枪。接着，他们又杀了弗拉克，因为西尔维厄斯设计使他们以为弗拉克看见了他们谋杀芒克顿的过程……"

斯佩克特点了点头。

"接着，安布罗斯也死了，西尔维厄斯决定把所有罪名推给伦纳德。"

"是的，这自然意味着伦纳德必须死。因此西尔维厄斯将他斩首，把尸体伪装成奈廷格尔。他的计划差点成功。"

弗林特气愤地说道："整个计划是可以成功的，就像锁链一样一环扣一环。"

"他离成功已经很近了，"斯佩克特忧郁地说道，"我是说西尔维厄斯。他制造了这么多命案，却没能完成最终任务。"两个人之间出现了漫长的沉默，就像吊在绞索上的尸体一样沉重。"看到天才失败，我很难过。"斯佩克特终于说道。

"我不难过。"弗林特说。

"不过，维克多·西尔维厄斯也不像他自认为的那么聪明。实际上，在我们第一次见面时，他提到沿尤朗加河从东非大裂谷航行至大西洋河口。事实上，尤朗加河最终流入印度洋，而不是大西洋，这是一个非常明显的错误，不是吗？如果我及时发现，也许能阻止部分流血事件的发生。"沉默了一阵之后，斯佩克特继续说道："还有最后一个问题，最后一个没有解开的谜题。"

"是什么？"弗林特没有猜谜的心情。

"关于'蜘蛛网的中心'——是谁杀了格洛丽亚·克雷恩？我认为，在其他事情发生后，这个问题被忽略了。"

弗林特眨了几下眼睛，在衣兜里翻找烟斗。的确，关于这个谜题，还没有人给出满意的答案，至少没有令他满意。"杀她的人要负责，"他说，"不光是为她的死，还有后面这些人的死。"

"我同意。从许多方面来看，蜘蛛网的中心就是她的死，这件事直接引发了后来发生的一切。"

"我猜，你已经有答案了，正想告诉我。是谁？谁在十年前谋杀了格洛丽亚·克雷恩？"

斯佩克特抿了一口苦艾酒，说道："没有人。"

"你在说什么？难道这也是魔术，你想告诉我她还没死，随时可能走进这个房间……？"

"听我说，格洛丽亚·克雷恩的确死了，但是没有人杀害她。对格洛丽亚·克雷恩的'谋杀案'从未发生过。"

"天哪，"弗林特不耐烦地说，"那她是怎么死的？"

"我猜是阑尾破裂引起的并发症。这种疾病总是很危险，需要立刻就医。等医生赶到，能做的就只剩开死亡证明了，"斯佩克特缓缓地摇着头，"无谓的死亡，太可惜了。"

"如果你想开玩笑，斯佩克特，我建议你打住。我又累又冷又难受，没有心情。"

"这不是玩笑，我的朋友。"

"那么毒药呢？她的消化系统里怎么会有毒药？"

斯佩克特深吸了一口气，发出了一声沉重的叹息："整件事最大的不幸，就是没有毒药。最初的误解毁了许多人的一生。追根溯源，都是因为一个人的野心。"

弗林特静静等待谜底揭晓。

"这个人是芬德勒医生，"斯佩克特又品了一口苦艾酒，"当然，你应该已经猜到了。毕竟，芬德勒总是高估自己的重要性，你很难想象他会当谁的下属。然而，在过去很多年里，他一直是瓦伦丁教授的助手。到了 1928 年，他开始无法忍受这种局面，就像他自己承认的那样。所以，他开始搞小动作，抓住每个机会破坏瓦伦丁的名声。他很小心地将精心设计的错误伪装成瓦伦丁的疏忽，从而营造一种观感，即瓦伦丁的能力不如从前了。"

"这和格洛丽亚·克雷恩有什么关系？"

"你回马奇班克斯的同时，我去了三个地方。我一直没有告诉你第三个拜访对象是谁。实际上，我去了一座教堂墓地，找到了露丝·凯斯勒的坟墓。此前，基于某些陈述，我一直怀疑一件事。当我看到她的墓碑时，我的猜测被证实了。她死于 1928 年 12 月 24 日，也就是十年前的今晚。露丝·凯斯勒和格洛丽亚·克雷恩的死亡时间相差不到 24 小时。在整个案子里，这是唯一真实的巧合。两个年轻女人年龄相仿，外貌相近。一个死于士的宁中毒，另一个死于阑尾破裂。芬德勒不安好心，在验尸之前交换了她们的死亡报告。"

"天哪，"弗林特说，"这是非常严重的指控。你能确定吗？"

"非常确定。唯一的证据是间接的，但我觉得现在不管做什么都太迟了。当我们在停尸房见到芬德勒时，他实际上已经说出了自己的罪行。还记得吗？他解释了尸体脚趾上挂着的标签有什么用，指出要记住死者身份是非常困难的。他已经把答案告诉我们了——芬德勒交换了死者的姓名标签，创造了一起没有发生过的不可能谋杀，并把另一起真实的谋杀变成过早却自然的死亡。他想让人们觉得瓦伦丁行为失当，久而久之，迫使导师退休，自己取而代之。当瓦伦丁陷入格洛丽亚·克雷恩中毒之谜而无法自拔时，他选择保持沉默，让老教授自掘坟墓。他成功了，不是吗？事实证明，瓦伦丁的执着是致命的，使他精神崩溃，并在当年被迫退休。"

弗林特攥起拳头，捶了一下桌子。"芬德勒那个杂种。这么说，他不仅伪造了一起谋杀，还让真正的罪犯逍遥法外？"

"是的，这很不幸。当然有人对露丝·凯斯勒的死提出疑问，但自然死亡的结论看上去无可辩驳，疑问就随之消失了。露丝死了，他的父亲里奇蒙也死了，没有人再追根究底。"

"是谁杀了露丝·凯斯勒？"

"我认为是她的叔叔丹尼尔·凯斯勒。在老公羊酒馆，伦纳德·德鲁里向卡罗琳·西尔维厄斯暗示他要对此事负责，但那完全是在吹牛。我后来了解到，伦纳德和露丝·凯斯勒确实是童年玩伴，不过他们之间的关系与爱情无关。丹尼尔·凯斯勒是露丝的监护人，她父亲留下的财产被托管，直到她年满二十一岁。没有她，所有钱财都会落入丹尼尔手中，因为他是凯斯勒家族最后一个在世的人。讽刺的是，如果芬德勒没有耍花招，凯斯勒立刻就会被抓。他有作案方法、动机和机会。实际上，他是露丝·凯斯勒死后唯一获益的人。露丝被认定为自然死亡，这对他来说一定是意外之喜，让他能够安全地、正当地享有遗产。"

弗林特喝完一杯啤酒，正忧郁地看着杯底的泡沫。"我不明白瓦伦丁怎么没有发现，他所验的尸体被调包了……"

"两个人都死于平安夜，对吧？虽然不知道露丝·凯斯勒当晚具体吃了什么，但我猜应该和马奇班克斯当晚的菜单差不多。毕竟，英国菜肴没什么创造性。考虑到相近的年龄和外表，加上差不多的胃部残留物，我认为瓦伦丁的错误并不算离谱。"

"芬德勒，"弗林特说，"真不敢相信，这些事情全都归因于他……"

"他自然不知道当初那件事会在十年后导致一系列死亡。他也不在乎。令我愤怒的正是这一点，弗林特——他根本不在乎。"

两个人默默地坐了一会儿，听着炉火燃烧的噼啪声和窗外的风声。又开始下雪了。

"你有什么打算？"斯佩克特喝完最后一口苦艾酒，说道。

"我打算回家陪我妻子，"弗林特回答，"享受平静的圣诞节。我想，我会大吃大喝，然后回到岗位上。"

"我是说，你想怎么处理芬德勒？"

又一阵漫长的沉默之后，弗林特坦言："不知道。"

"不管怎么说，"斯佩克特说道，"这件事使我重新评估了对'正义'的看法。等待天谴是没有用的，弗林特，因为天谴根本不会发生。"

"一点也没错。"弗林特若有所思地点头。

"有些问题，必须自己动手解决。"

沉默再度降临。

不久之后，弗林特慢慢穿上大衣，裹上围巾，戴上了偏大的波乐帽。当他伸出手时，斯佩克特充满感激地握住了。

"晚安，我的朋友，"他说，"圣诞快乐。"

"圣诞快乐。"弗林特说。

尾声　颜色之谜

一

"我以为他不会走了，"斯佩克特的客人一边说，一边回到她的座位上，"为什么你不告诉他真相？"

"真相是什么？"斯佩克特故作真诚地问道。

兰塞布尔太太的表情依然冷淡，却似乎比之前轻松了一些，仿佛她所遭受的折磨终于接近了尾声。"我认为你很清楚。"

"我本来只是怀疑。不过，你的到来证实了我的猜测。你为了找到我，一定费了不少力气。"

"你也许把自己想得过于神秘了。"管家说道。

斯佩克特没有回应这一点。"弗林特是一个好人，"他解释道，"工作很卖力，但他有时非常欠缺想象力。他从未想过，马奇班克斯会有两个复仇者，怀有两种完全不同的怨恨。来一支小雪茄吗？"

她接过烟。斯佩克特替她点了火。抽着烟，斯佩克特开口："我很佩服你。我认为你是一个了不起的女人。'兰塞布尔'，这是哪边的姓氏？"

"是我母亲娘家的姓。"

"原来如此。这个故事谁来讲，你还是我？"

她怅然摆手，说："你讲吧。你比我讲得好。"

"我不否定这一点，"斯佩克特说，"但如果你能在我说错时进行纠正，我会很感激。"

她点了点头。

"你是埃丝特·芒克顿的母亲吧？不幸的西尔维斯特是你的外孙。"

兰塞布尔太太咬紧了牙齿，除此之外，她几乎没有动。

"你是在女儿去世后不久来贾尔斯爵士家的吧？你的目的是和外孙保持联系，同时为可怜的埃丝特报仇。多年来，你成为马奇班克斯的重要人物。你在西尔维斯特成年后与他相认，既是出于对贾尔斯爵士的仇恨，也是出于内疚。你觉得你本可以救埃丝特，却辜负了她。你为此感到痛苦。虽然你可以和年轻的西尔维斯特交心，但你的悲伤和痛苦从未消失。有一次你打电话被人偷听了。我想，当时电话另一头的人是西尔维斯特。"

"该死的贝基，"兰塞布尔怒斥道，"就爱管闲事。"

"贝基得出了一个结论。她只认识一个早逝的女人——格洛丽亚·克雷恩。所以，她认为你在电话上说的话暗示了是你杀了格洛丽亚。其实，你是在说你对埃丝特的失职吧？我注意到，在杰弗里·弗拉克被害后，你突然表现出对埃尔斯佩思女士的同情。这是因为，你不仅很清楚失去孩子的滋味，而且知道她还会失去另外两个孩子。你当时已经有计划了，对吧？你知道，安布罗斯和伦纳德必须死，为你女儿和外孙的死赎罪。你原来的计划是让西尔维斯特引诱埃尔斯佩思女士，谋杀贾尔斯爵士，最后继承遗产。我之前一直想不通，像西尔维斯特这样受过教育的聪明人，怎么会天真地相信埃尔斯佩思·德鲁里。毫无疑问，她的丈夫一死，她就会出卖西尔维斯特。现在看来，你是他的保障，你会不惜一切代价保护他。你会为了他撒谎，甚至杀人。

"可惜，你连这么做的机会都没有。西尔维斯特在你的计划实现之前就被杀了。所以，你回到了原点。和苏格兰场不同，你早就知道是伦纳德和安布罗斯杀害了西尔维斯特和杰弗里·弗拉克。为什么？因为西尔维斯特死前告诉过你，兄弟二人想敲诈他，对吧？"

她点头。

"他没有告诉你的是，他在切尔西撞见的事情使他们的处境对调了。如果知道这一点，你应该会意识到他有危险。这对兄弟先谋杀了西尔维斯特，接着又谋杀了弗拉克。然而，他们很快就受到了惩罚。

"要害死安布罗斯，其实只需要切断布加迪的刹车线，可他却死于复杂的触电装置。我当时觉得很奇怪。你这么做是有原因的吧？你无法切断刹车线，因为你根本看不见刹车线。你是色盲。这种疾病也由你的女儿传给了你的外孙。告诉我西尔维斯特是色盲的人，是他的父亲。而马奇班克斯发生的几件小事让我怀疑你也是色盲。实际上，你的疾病比西尔维斯特严重得多。我猜你患有全色盲症，只能分辨黑色、白色和灰色。你认不出埃尔斯佩思女士的翡翠胸针，在我点苦艾酒时给我上了雪利。这种小事都是有力的说明。同一屋檐下的两个人患有相同的视觉缺陷，这是非常显眼的巧合。你和他之间一定有血缘关系，而且是近亲。在此基础上，我只需要进行逻辑推理。如果你是色盲，你就无法切断刹车线，因为你看不见刹车线——我曾向打开引擎盖的布加迪看了一眼，刹车线是绿色的。你只能用其他办法。最后，不幸误入歧途的安布罗斯死于你精心设计的处决装置。初次见面时，你说你一个人要负责马奇班克斯的炉火和照明。我完全相信这一点。我也相信你自学了一些电路知识，正如那句谚语所说——需要是发明之母。"

兰塞布尔太太听得很认真，她此时露出了愉快表情。"那么，'不幸误入歧途'的伦纳德呢?"

　　"我所知道的信息完全来自弗林特的转述。我不在场，没有检查犯罪现场。据说，当你们在伦纳德的房间里发现尸体时，你的反应有点出人意料。的确，那是极其残忍血腥的犯罪，可正因如此，现场的血迹才显得奇怪。按理说，墙壁和天花板应该布满血迹，事实却并非如此。这使我怀疑，当伦纳德·德鲁里被斩首时，他其实已经死去一段时间了。你杀了他，对吧?"

　　她微微点头："伦纳德总觉得他是家里的天才。在这一点上，和其他大多数事情上，他都错了。他把我叫进房间，直接告诉我，他知道我是西尔维斯特的外祖母。斯佩克特先生，他和你一样，也发现了我们都是色盲。"

　　她停顿了一下，然后做了一个持刀刺出的动作，用这种怪异的手法熄灭了烟头。"我用了开信刀，"她说，"那把刀就在我的手边，在他的书桌上。他之前一直在拆阅观众的来信。我拿起刀子，刺进了他的喉咙。"

　　"接着，你离开房间，继续做日常工作。是的，这很合理。当维克多·西尔维厄斯撞到现场时，他决定开一个可怕的玩笑。他和尸体换了衣服，用短弯刀割下了死者的脑袋。难怪你发现尸体时那么震惊，让你吃惊的不是死人，而是尸体的状态。你一定觉得自己疯了。"

　　她再次露出笑容。"我没疯，斯佩克特先生。我和你一样清醒。我想知道，你会如何处理这些信息。你想敲诈我吗?"

　　斯佩克特笑着说："我认为没有必要让任何人知道我们今晚聊了什么，这将成为我们之间的秘密。而我也想知道你接下来打算做什么。"

"我失去了女儿。现在，他也失去了几个儿子。"

"所以你的复仇结束了？"

她望向窗户。"下雪了。"她说。

"是啊。"斯佩克特说，目光没有从她冷酷的脸上移开。

二

多么般配的一对啊，侍者在领他们进宴会厅时想着。他们手挽着手，步调完全一致。看样子是一对新婚夫妇。

丈夫拥有一头金发和雅利安人的长相，又高又瘦，谈吐和举止都很潇洒——包括抽那种外国香烟时的样子。女人也很漂亮，身穿雪纺礼服，光彩照人；白金色短发梳得一丝不乱，就像珍·哈露和卡罗尔·隆巴德。

他们看向彼此的眼神足以使侍者心花怒放。男人似乎是一个探险家，至少这是侍者根据同事之间的传言得出的结论。正是凭借这个身份，这个家伙受到了船长的邀请。他们的翩翩舞姿和风趣打动了到场的贵宾们。不过，这对爱侣最吸引人的不是他们与别人相处的方式，而是他们之间的相处方式。他们仿佛是一个整体的两半。任何人只要看见他们，就会这么认为。

丈夫走到吧台，拿了两杯鸡尾酒。妻子的目光追随着他的背影。很快，乐队会继续演奏。他们会去甲板上随着音乐起舞，眺望前方翻涌着的、和天空一样广阔而黑暗的海水。

致　谢

　　不可否认，《死亡卡巴莱》是一部宏大的作品，是密室悬疑版《复仇者悲剧》。和之前一样，在写作过程中，我再次沉浸到了古典推理的黄金时代之中，一一拜读了各位前辈的著作，约翰·迪克森·卡尔、埃勒里·奎因、阿加莎·克里斯蒂、埃德蒙·克里斯宾、尼古拉斯·布莱克、克里斯蒂安娜·布兰德、弗里曼·威尔斯·克劳夫兹等人的作品。这一次，我还特别关注了格拉迪斯·米切尔和迈克尔·英尼斯精彩而奇特的故事，以及一些复杂而神秘的日本推理著作，包括《占星术杀人魔法》《十角馆事件》和《狱门岛》。

　　和"大魔术师系列"的前两本书不同，我在这本书前面没有对我的父母献词，因为我想在这里进行更加具体的致谢。在这个系列的写作过程中，我的父母一直在支持我。没有他们，我根本无法完成这个系列。

　　感谢诸位身在远方的好友，其中许多人也是这本书的"试阅者"：史蒂夫·巴奇、加布里埃尔·克雷森齐、迈克尔·达尔、道格拉斯·格林、杰夫·马克斯、丹·纳波利塔诺、吉吉·潘迪安、安娜·特里萨·佩雷拉和罗伯·里夫。

　　感谢菲奥娜·厄斯金和保罗·吉特姆，谢谢你们解答了一些技术问题。

　　感谢推理小说大家庭，能够成为这个群体的一员是我的荣幸。在宣传前两本书的过程中，我有幸认识了许多读者、博主、记者和评论家。我要特别感谢托尼·R. 考克斯、加里·内森、彼得罗·德·帕尔马、莱尼·皮克尔、里斯托·M.K. 莱蒂奥，等等。

一些作家为我的工作提供了非常热情的额外支持，令我受益匪浅。这些作家包括珍妮·布莱克赫斯特、M.W. 克雷文、维多利亚·多德、斯蒂芬·邓恩、马丁·爱德华兹、A.J. 霍利、朗纳·约纳松、芭芭拉·纳德尔、T.A. 威尔伯格和玛丽安·沃马克。谢谢你们。

感谢我的好朋友迈克尔·普里查德，米兰·古隆，夏洛特·伦恩，艾米·露易丝·史密斯，艾丽丝·亨特，西安·伯顿，詹姆斯·科纳尔，乔尔·墨菲，哈里特·马拉德，萨姆、史蒂夫和泰德·汉考克。

感谢奥托·彭兹勒、查尔斯·佩里和朱莉娅·奥康奈尔继续支持我的作品。我要特别感谢路易莎·史密斯对于《死亡卡巴莱》勤奋而精明的编辑工作。

感谢洛雷拉·贝利和她在 LBLA 的团队，尤其是劳拉·达尔佩蒂和弗利克·赫明。

感谢宙斯之首出版社的格雷格·里斯和波莉·格赖斯，以及索菲·兰塞姆。

感谢招待我、欢迎我、为我宣传新书的图书馆和书店。感谢身为读者的你，是你让我走到了今天。希望你能在书中获得乐趣，也希望我们下次还能相遇。